El Poder Del Perdón

Luis Manuel Fernández

Luis Manuel Fernández
Union City, NJ 07087

Designed & Edited by Katherine S. Fernández

Copyright © 2023 by Luis Manuel Fernández

Amazon Direct Publishing

ISBN: 979-8-9883191-0-8

Dedicatoria

*Dedico esta obra a mis hijas, Natasha,
Manselle, Sabine y Kiry Fernández quienes
innegablemente son la luz de mis ojos.*

Tabla de contenido

Prólogo	*6*
Capítulo 1	*8*
Capítulo 2	*22*
Capítulo 3	*37*
Capítulo 4	*54*
Capítulo 5	*66*
Capítulo 6	*77*
Capítulo 7	*88*
Capítulo 8	*103*
Capítulo 9	*120*
Capítulo 10	*146*
Capítulo 11	*171*
Agradecimiento	*198*

Prólogo

Casi todos los humanos, buscamos a quién echarle la culpa, de nuestras vicisitudes o errores cometidos. Eso es algo nato, que viene con nosotros desde el primer día del nacimiento. Uno más que otros, son más o menos honestos y se inclinan hacia la verdad, otros se aferran a la mentira, hasta que los demás las tomen como verdad. El culpable de todo, casi siempre, es Dios. ¡Dios! ¿Dónde estabas tú cuando sucedió tal catástrofe? ¡Dios! Fuiste tú el culpable, por hacer esa mujer tan bella y me diste los ojos para mirarla, si sabía que era ajena. ¡Dios! Es tu culpa, que yo haya nacido en una familia tan pobre, y ahora estemos pasando tantas necesidades.

¿Si tú sabías que yo era mala paga? ¿Por qué me prestaste tu dinero? ¡Es tu culpa, no es culpa mía que yo no te pague! La mujer que le es infiel al hombre, culpa al hombre por estar trabajando tanto y la deja sola mucho tiempo. ¡Es culpa de él! El niño que no estudió y por no pasar el examen, culpa al niño del lado porqué no dejó

*que copiase su examen. Si está todo sucio en mi
casa, culpa del vecino que en todo se mete. Si cae
mucha nieve o si no cae, es culpa de los políticos,
que no se ponen de acuerdo. Todos tienen la culpa
menos ¡Yo!*

*En esta crónica, vamos a encontrar todo lo
contrario. Alguien fue víctima de un cruel y
despiadado engaño, pero él reaccionó de forma
contraria, pagando con creces lo que él no se
merecía ni tampoco su familia. A raíz de este
engaño, pasó frío, soledad y lloró lágrimas secas,
lágrimas mojadas en plena angustia, y desespero.
Vivió como ermitaño, solo, en la ladera de una
montaña temible y fría, solo con la horrible
convicción de que era culpable.*

1

El viento del norte parecía un bisturí pues esa mañana estaba tan fría, que cortaba hasta el pensamiento, el aliento y las pupilas se llenaban de opacidad. Frank no le daba importancia a eso y seguía acumulando nieve con su motonieve en el fondo del parqueo de *Namansa Universidad de Música* donde él había decidido a ser voluntario, para realizar distintas labores como carpintería, plomería, electricidad y otras cosas más.

Esta escuela tenía pocos recursos. Se sostenía de donaciones de algunos padres de alumnos, de algunas instituciones caritativas y del esfuerzo de todos los profesores que a ese plantel se acercaban. La noche anterior habían caído en Caribou, Maine, Dakota del Norte, once y media pulgadas de nieve. Esa mañana se veía poca gente caminar por las calles, a menos que no fueran a su trabajo o a alguna emergencia.

Caribou es la ciudad más al norte de los Estados Unidos de América. Es la ciudad también más larga del condado de Aroostook, Maine. Tiene una población entre siete a ocho mil habitantes. Su temperatura es completamente impredecible, pues puede fluctuar desde noventa grados Fahrenheit a cero grados en muy poco tiempo. Viven de la agricultura y del turismo debido a su ubicación con los Estados Unidos y Canadá. Al transcurrir los años mil ochocientos treinta y ocho, y mil ochocientos cuarenta fue declarada la guerra Aroostook entre los Estados Unidos y Canadá, quedando Caribou parte de los Estados Unidos de América. Luego, en el mil ochocientos cuarenta y dos, llegó la paz y los europeos empezaron a poblar la región.

Todo estaba desolado y callado, pero intensamente frío. Eran casi las seis de la mañana cuando Frank de repente paró su motonieve y la apagó. Se podía pensar que había terminado el trabajo, pero no fue así. Aunque tenía puesto doble medias de lana, botas gruesas y fuertes, doble pantalones, tres camisas, una bufanda ancha y larga, una cachucha de cuero que le cubría las orejas, con todo y esto sentía un hilo frío muy denso que penetraba por el lado derecho de su garganta.

Al detenerse se quitó los guantes que eran bastantes fuertes, toscos y rígidos. Sus manos temblorosas quedaron expuestas al frío intenso que hacía esa mañana. Llevó las mismas hacia su garganta para investigar el porqué sentía tanto frío solo en esa parte del cuerpo. Le tomó un instante en dar con el inconveniente: eran los cuellos de las camisas que estaban doblados hacia adentro y dejaban un orificio abierto que permitía que el terrible frío helara la base de la amígdala derecha.

Frank era misterioso, reservado y callado hasta consigo mismo. Reía poco, pero en esta ocasión una leve sonrisa irónica asomó a sus labios. No era perdonable para él esa falta horrenda de no revisar los cuellos de sus camisas delante del espejo antes de salir de su casa. Fue para él un insulto pues era perfeccionista y muy organizado.

Esa sonrisa lo transportó mentalmente a la esquina de un bar, donde conoció a Laura, una hermosa rubia de ojos grandes y expresivos que le servía tragos cuando después de trabajar, ya sea por soledad o aburrimiento, visitaba el bar solo o acompañado de su amigo Albert. Una noche, entre tragos y tragos, Laura le preguntó,

"¿De dónde es usted Frank?"
La leve sonrisa apareció en sus labios y murmuró,

"Soy de descendencia mexicana y canadiense. Mi padre era de apellido Martínez y era maestro constructor. Había ido a Canadá contratado por una compañía de construcción de la cual no recuerdo el nombre ahora. Allá conoció a mi madre, que trabajaba como climatóloga, pero yo nací aquí en Caribou, Estados Unidos de América."

La sonrisa se apagó, Laura con sus ojos grandes y hermosos quedó pensando, 'Este señor parece cualquier cosa menos trabajador de construcción ni hacedor de trabajos manuales' y mentalmente exclamó,

"¡Por fin dijo algo!"

Arreglados los cuellos de sus camisas, se acomodó su bufanda ancha y larga, luego prendió su motonieve, y siguió acumulando nieve en el patio de la escuela de música. Eran alrededor de la seis y media de la mañana cuando volteó la cabeza hacia atrás, a la derecha, a la izquierda y vio que la entrada y casi todo el parqueo estaba limpio, accesible para que pudieran aparcar los treinta y ocho carros que estaban permitidos entrar.

Para no estorbar, Frank estacionó su motonieve en el fondo de un patio pequeño contiguo al parqueo. Al momento de bajar de su máquina vio un carro gris acercándose a él. El carro era un Chevrolet Impala, no muy moderno que digamos. De él, bajó un hombre bajo de estatura, con el pelo blanco, vestido de un grueso abrigo azul oscuro, botas de cuero negro, y sonriéndole le dijo,

"Buen día Frank ¿Como estás hoy?"

"Buen día, con mucho frío, pero no es culpa suya, Maurizio" exclamó Frank.

"Traje café bien caliente para los dos y emparedados de jamón y queso."

"Vamos adentro a mi oficina" dijo Maurizio.

Frank le contestó,

"Es lo que necesito ahora mismo. Me leyó el pensamiento."

Maurizio Pantaleone había nacido en Bari, Italia. Llegó a los Estados Unidos con solo tres años. Su adolescencia la pasó en las calles de Brooklyn, New York. Su papá quiso que fuese un gran capo de la mafia italiana pero siempre se rehusó a esos menesteres porque amaba estudiar.

Entre otras cosas había entendido que esa vida era complicada, peligrosa y corta. Estudió para ser abogado, pero no resultó. Hizo varios intentos con otras materias, pero tampoco resultó nada. Una vez fue invitado por unos amigos a un club de jazz y prácticamente quedó atónito pues sintió el llamado de la música. El vacío que sentía en lo más profundo de su alma, aquella noche fue llenado por los distintos acordes y armónicos que como espumás de colores en el aire se posaban en su cabeza, en sus hombros y en todo su cuerpo. Desde ese momento cambió toda su vida y la dedicó a la música. Se hizo licenciado en música universal, después con mucho estudio y grandes esfuerzos obtuvo su doctorado. Por casualidad de la vida encontró la oportunidad de ser principal de *Namansa Music School* en Caribou, Dakota del Norte.

Lo consultó con su esposa, con sus tres hijos y emprendió viaje hacia la ciudad más al norte de los Estados Unidos. Fue así como cambió todo y desde entonces ha sido el director de la escuela por los últimos veintidós años. Maurizio, con nieve, sin nieve, con frío, con calor, con lluvia, siempre está presente a todas horas en la dirección de la escuela. Algunas veces toma una o dos semanas de vacaciones, pero solo cuando se siente muy exhausto. Él era un hombre dotado de una extrema inteligencia, de un corazón grande y de un inmenso amor por la docencia, como pocos.

Se acercaron a la puerta principal de la escuela. Maurizio no podía abrirla por el congelante frío, aunque después de algunos minutos de intento lo logró.

"Como ves hoy no habrá clases pues estamos en emergencia", dijo Maurizio, "mientras se disponía a colocar el termostato de la calefacción en setenta y dos grados Fahrenheit."

"No va a haber clases, pero yo tengo mucho trabajo que hacer", murmuró Maurizio, mientras sacaba de la bolsa los cafés y los emparedados.

Le alcanzó uno a Frank quien se quitaba un poco de ropa para quedar más cómodo y así conversar mejor sobre el proyecto que Maurizio tenía en mente.

La temperatura subió en la oficina de la escuela donde los dos hombres hablaban, mientras degustaban su desayuno. Maurizio miró a Frank a los ojos y con voz triste y entrecortada le dijo,

"Siento mucho lo de Albert. ¿Era un gran señor, ¿verdad?"

Frank asintió con la cabeza y dijo:

"Era mi tutor, mi mejor amigo, prácticamente mi padre. Dios me lo puso en mi camino en el momento más terrible de mi vida. Hacía mucho tiempo que había ganado la gloria. Estoy seguro de que descansa en paz." Recalcó Frank.

Pasaron a recorrer los pasillos de la vieja y deteriorada escuela de música. Frank, se dio cuenta que hacía falta luz en algunos de los corredores, pintura en las paredes, las puertas de las aulas desgastadas por el tiempo. Los pisos estaban un poco limpios porque cada dos semanas varias monjitas, de un convento cercano venían y hacían lo que podían.

Aunque los padres de los alumnos pagaban la tuición de sus hijos y algunas veces llegaban donaciones de extraños, eso no era suficiente para costear todos los gastos de la escuela. Pero, obra de Dios, tenía los mejores maestros de música del país. Se necesitaba la ayuda del gobierno, que por pura burocracia no acababa de concretarse, aunque Maurizio, sin descanso, seguía luchando por obtenerla...

"Es necesaria una pronta reparación" pensó Frank.

Así siguieron caminando por todo el plantel hasta que Maurizio se detuvo en una puerta vieja y sin uso. La abrió despacito y se pudo ver una habitación completamente olvidada por el tiempo, y por los humanos. Estaba llena de pupitres rotos, de periódicos y montones de revistas de décadas pasadas tiradas en el suelo y libros por doquier de todas las materias, de todos los niveles, con sus hojas amarillas, ignorados como si no tuvieran ningún valor para nadie.

A Frank, en su interior se le encogió el alma. Una inmensa tristeza mordió su pecho, sintió un nudo en la garganta que casi lo hizo llorar, pero su rigidez de hombre lo detuvo y disimuló muy bien ese sentimiento. Miró hacia el techo, lo vio en graves condiciones y aclamó "Hay muchas cosas que hacer aquí."

"Así es" respondió Maurizio. Quedando un silencio helado entre los dos.

"¿Crees que nos puedas ayudar Frank?" preguntó Maurizio tímidamente.

"Me gustaría tener presupuesto para pagarle, pero ya sabes como esta escuela funciona. Necesitamos habilitar ese cuarto para tener la biblioteca que era antes."

Recorrieron unos cuantos metros más por el oscuro pasillo, se encontraron frente a una doble puerta fuerte y pesada, la cual Maurizio abrió, y dijo,

"Este es nuestro teatro."

Era misterioso y frío, olía a humedad, no había luz, pero Maurizio fue por detrás del telón, encendió todos los faroles, y se hizo la luz. Se pudo ver todas las butacas, las cuales eran alrededor de quinientas ochenta. En el escenario un piano de cola *Steinway & Sons*. Maurizio, aunque era director músical, no dominaba ningún instrumento a la perfección. De todos modos se sentó delante del piano. Acomodó su cuerpo en el banco y empezó a tocar algunos arpegios para que Frank oyera el sonido de este instrumento que sería en realidad el orgullo de la escuela.

Mientras las notas de aquel piano rompían el silencio, de repente, una enorme rata salta por los aires desde las teclas del piano y cae en el mismo centro del pecho de Maurizio, quien del

susto cayó de espalda contra el suelo,
provocando así la risa de Frank. La risa de Frank
fue también un raro acontecimiento pues jamás
nadie lo había oído reír así. Corrió hacia donde
estaba Maurizio y le pregunta,

"¿Estás bien?"

"Sí, sí", contestó Maurizio. Avergonzado,
se levanta del suelo y con gran frustración dijo,

"¡Coñó, esto es el colmo!"

No le quedó más que reír junto a Frank y dijo,

"No sé quién se asustó más, si el maldito
animal o yo. ¡Desgraciado!."

Apagó las luces, y se dispusieron a salir
del recinto. Mientras caminaban de regreso hacia
la oficina de, Maurizio comentaba lo siguiente,

"Estoy preocupado y a la vez feliz porque
posiblemente podamos ser sede del próximo
concurso nacional de canto. Será una buena
oportunidad tanto para los alumnos como para
los profesores. Todavía nadie sabe nada, pero
debo estar preparado."

Frank pasa su mano por su barba larga, blanca y tupida, queda pensando por un rato, mientras también acariciaba su pelo largo y blanco. Miró a los ojos de Maurizio y le preguntó,

"Los materiales, ¿qué me dices de los materiales, ¿quién los va a suplir? Me luce que van a hacer falta muchos materiales para todo esto."

"Creo que mandaré cartas a los padres de los alumnos y a todos los medios posibles abogando por ayuda. Haré rifas, presentaciones extras o cualquier cosa que se me ocurra para recaudar fondos" destacó Maurizio emocionado,

"Pero lo más importante, es tu ayuda. ¿Que dices?"

"Sí, cuenta conmigo, voy a poner todo de mi parte para que esta institución esté mejor" afirmó Frank, "pero antes tengo que terminar un compromiso que tengo con la iglesia San Mateo. Tiene problemás con la estructura del campanario."

"Me acabas de poner contento" dijo
Maurizio. "¡Gracias Frank, gracias!"

2

Como rocío caía el agua tibia sobre las espaldas de Frank mientras se bañaba. El agua corría y corría entretanto él, luchaba con empatar un pedacito de jabón con uno nuevo. Aunque él compraba los jabones por docenas nunca tiraba el ultimo pedacito del que había usado. Así también era con el tubo de la pasta de dientes, hasta que no sacaba la última gota que emanaba del tubo. Él seguía y seguía apretando el tubo hasta quedar seco, bien seco para él tirarlo en la basura.

Era un reto para él hacerlo porque era tan organizado, que podría decirse que sufría en parte de un trastorno obsesivo compulsivo. Todo debía estar en su lugar, porque si no, no se sentía cómodo consigo mismo. Al fin logró unir el pedacito de jabón con la nueva pasta y siguió bañándose. Terminó, corrió la cortina para alcanzar la toalla y secarse, cerró la cortina, porque todo tenía que quedar nítido, en su lugar, como si bubiera una mucama para hacerlo, pero era él, quien lo hacía todo.

Estaba convencido de que la casa más limpia no es la que más se limpia, sino la que menos se ensucia. Como no tenía que afeitarse, salió del baño en poco tiempo. Se miró al espejo, su pelo largo y blanco, su barba larga y tupida lo hacían parecer veinte años más viejos. Salió del baño, no sin antes ponerse un perfume que olía a hombre antiguo. Se puso su pantaloncillo, una bata azul que cubría todo el cuerpo. Era domingo al mediodía, tenía pensado no salir de su casa, pensó quedarse cómodo y relajado por el resto del día.

Había un enorme silencio en todo su alrededor, eso lo llenaba de tranquilidad. Tenía entendido también que el valor de un hombre se mide por el tiempo que pueda permanecer solo con sus pensamientos, por eso el silencio era su mejor compañía. De repente oyó el "ding dong" del timbre de la puerta, en su mente preguntó "¿quién será?" Empezó a caminar hacia la puerta de entrada cuando oyó el "ding dong" otra vez. Vio por el lente de la puerta y reconoció quien era. Abrió la puerta y muy sorprendido exclamó,

"¡Laura, qué sorpresa!"

Era Laura y traía una canasta en el brazo derecho, cubierta con una manta de lana blanca. Sonríe y le dice,

"Te traje un regalo."

"Un regalo!" exclamó Frank. "Pasa, pasa por favor, que hace mucho frío ahí afuera."

"¿Estás solo?"

"Siempre estoy solo. Siéntate y ponte cómoda, que voy a cambiarme de ropa y vuelvo enseguida."

Laura puso la canasta en un sofá grande y nuevo que había en la sala. Mientras Frank desaparecía de su vista, ella empezó a curiosear, a mirar la casa. Recorrió uno por uno todos los rincones. Iba mirando hacia arriba, hacia abajo, a la derecha, a la izquierda, todo estaba en su lugar. Una de las cosas que más le llamó la atención fue que la casa estaba decorada por un hombre y no por una mujer. Los detalles eran varoniles, las cortinas eran de un color azul cielo. Las repisas estaban llenas de suvenires, pero cosas de hombre.

No había indicio de que una mujer estuviera viviendo con él. Eso tranquilizó a la hermosa rubia. Al fondo de la sala alcanzó a ver un piano de media cola, con un montón de papeles de música encima, pero igual, todos tan bien acotejaditos, que se podía leer los títulos de las piezas musicales fácilmente. Estaba atónita con la limpieza y la organización que había. Se preguntaba, 'Él me dijo que vivía solo, pero aquí debe vivir una mujer, aunque no había evidencia, pues no puede ser que todo esté tan bonito, tan recogido y pulcro."

Sintió un agradable olor a comida que venía desde la cocina y se acercó, "¡Que maravilla!" Pensó, todo en orden, sin ningún utensilio sucio ni fuera de lugar. No se atrevió a destapar los calderos por timidez, pero se moría por hacerlo y saber qué había allí con tan buen olor. Se dirigió a la sala a esperar a Frank, que en ese momento bajaba las escaleras con un pantalón de jeans azul, zapatos negros, (por cierto, bien limpios también), camisa de lana (porque era friolento) a cuadros, de varios colores.

Ella sonríe y le dice, "¡Mira lo que te traje!"

Quitó la manta de la canasta y había un perrito recién nacido, dormido en la canasta, y sin importarle lo que pasaba a su alrededor. Tenía un pelaje entre negro y castaño brillante. Tenía la inocencia de un niño indefenso y tranquilo.

Frank casi salta de alegría al verlo. Le produjo en todo su ser una gran ternura al tomarlo en los brazos y cargarlo.

"Que raza es?" preguntó Frank emocionado.

"Pastor alemán."

"¡Pastor alemán! ¿Por qué me lo regalas?"

"Porque siempre te veo solo y pensé que puede ser una buena compañía para ti."

Frank estaba embelesado mirando al perrito dormido. Le pasaba la mano por todo el cuerpo, lo besaba, lo acariciaba de arriba hasta abajo.

"¿Estás segura de que me lo regalas, Laura?"

"Claro que sí. Mi perra hace una semana parió seis perritos y elejí este para ti."

"¿Que vas a hacer con los demás?"

"Ah, yo te voy a comprar este."

"No, es un regalo, por favor tómalo" — insistió Laura — "Solo quiero saber que nombre le vas a poner" le dijo sonriendo.

"Caronte, lo llamaré Caronte"

"¡Que nombre tan grande, tan fuerte y especial! ¿Por qué, Caronte?"

"Caronte en la mitología griega quiere decir brillo intenso". Según la leyenda, era un barquero que se encargaba de guiar las almas errantes de los difuntos de un lado a otro del río Aqueronte, si traían una moneda consigo para pagar el viaje. Aquellos que no podían pagar tenían que vagar cien años por las riberas del río, y sólo entonces Caronte accedía a llevarlos sin cobrar."

"Muy bien" —dijo Laura— "Su nombre será Caronte. ¡Me gusta, me gusta mucho, se lo merece!"

"¿Como alimento a Caronte, Laura?"

"Ahi está un biberón con leche, cuando se despierte se lo pone en la boca, igual que un niño recién nacido, luego poco a poco le compras comida para perro de esa edad. Aquí cerca hay un supermercado en que vas a encontrar de todo lo que necesita un perro de unas semanas de nacido hasta su adultez. Si quieres vamos que te voy a enseñar las distintas variedades de comidas que hay."

Hablando de comida, dijo Frank,

"¿Quieres almorzar conmigo?, acabo de hacer pollo a la francesa."

"¡Pollo a la francesa!, ¿sabes cocinar?"

"Sí. Mamá se encargó de enseñarme todo lo que una mujer sabe hacer, en una casa. Yo lavo mi ropa, plancho, cocino, limpio el piso, friego, lavo el baño y de ahora en adelante voy a sacar al perro a hacer sus necesidades. Lo unico que una mujer puede hacer que yo no puedo es parir, pero por lo demás, no necesito estar encadenado a una mujer, para hacer mis cosas."

Sonriente se acercaron a la mesa, él cortésmente hala una silla para que ella se sentara. Cuando lo hizo, él le dijo, "Me falta algo". Cerca de la cocina había una puerta que daba al sotano de la casa. La abrió, bajó las escaleras y trajo una botella de vino tinto.

Cerró la puerta y fue a la gaveta donde encontraría el destapador de vino, no sin antes poner en la mesa dos copas de fino cristal bien secas y brillantes. Cuando quitó el corcho de la botella, se sintió en el aire, el peculiar aroma de un buen vino. Echó un poco de aquel nectar divino en la copa de Laura, quien sonrió y sus ojos se abrieron más de lo acostumbrado. Llevó a sus labios un sorbo de la bebida de los dioses y exclamó,

"¡Wao y más Wao, Frank, que delicioso! Tienes buen gusto."

"Gracias," respondió él,

Concentrado en poner los platos sobre la mesa, y presto para servir aquellos pedazos de pollos con salsa blanca, sazonado con limón. Con el olor de aquel manjar, con el delicioso vino, a Laura se le despertó un apetito voraz pero no lo dejó saber e iba comiendo tranquila, despacio, y sin decir nada.

Servido el pollo, con arroz amarillo, una bandeja con todo tipo de ensaladas que se veían y sabían deliciosas. Laura probó un poco de todo y volvió a sonreír, y dijo;

"Cada vez te admiro más, Frank."

"Te agradezco el cumplido," dijo él.

Mientras comían, hablaban del perrito, de la temperatura y de muchas cosas más. Entre el vino y el pollo a la fransesa en la cabeza de Laura pasaba, y pasaba una sola idea: "Que agradable sería vivir con un hombre así". Seguía saboreando el vino, la comida, mientras sonreía.

Él hablaba poco, como siempre, pero no dejaba de mirar su nuevo inquilino, que a veces daba vueltas en su canasta o gemía, como si estuviera soñando o hablando con los angeles. Laura de repente le pregunta,

"¿Frank, tú tocas piano?"

"No. ¡Ah! Ya sé por qué la pregunta ¿Por el piano que viste en la sala, ¿verdad?"

"Sí, es muy bonito. Era mi amigo Albert que estaba empeñado en tocar, pero nunca pasó de hacer escandalos."

"¿Por qué dices eso, preguntó Laura?"

"Porque él trató y trató, pero nunca aprendió nada, porque nunca fue a la escuela, y la escuela no va donde el estudiante, sino todo lo contrario."

"Es cierto. A proposito siento mucho la perdida de tu amigo Albert. Lo siento mucho, mucho. Ustedes eran grandes amigos."

"En verdad era mi brazo derecho y todo lo que hoy tengo se lo debo a él."

Dijo Frank en lo que recojía los platos de la mesa y apuraba el último sorbo de vino, que le quedaba en su copa.

"Yo lavo los platos" dijo Laura.

"No, tú eres mi invitada."

"Gracias por el vino, por la comida y por tantas atenciones, estoy gratamente sorprendida."

"¿Te gustó?"

"Sí, magnífico todo. Vamos al supermercado y luego a caminar un poco. ¿Te parece bien?"

"Muy buena idea, vamos. Cada uno tomó su abrigo y se lo puso."

Envolvieron a Caronte en una manta blanca y salieron para el supermercado, el cual quedaba cerca de la casa de Frank, así que no fue necesario ir en carro. Frank cargaba su perrito como si fuera un bebe recién nacido. Pero parecía que ya estaba enamorado de la criatura porque no dejaba de verlo ni de hacerle mimos. Llegando al supermercado, Laura se encaminó hacia los estantes donde estaban las provisiones para animales y le fue enseñando a Frank los distintos alimentos que le podía comprar a Caronte.

"Este tiene vitamina A, este tiene vitamina B. Este es un compuesto de vitaminas que se la puedes dar después de la leche. No te olvides que por el momento la leche es lo más importante. Cualquier cosa rara que le veas, el hospital de animales está a cuatro cuadras de tu casa. Por favor, déjame saber como va el crecimiento, que no pongo en duda que lo vas a criar muy bien."

Salieron del supermercado y se dirigieron al parque donde había bancos para sentarse y al cual Frank nunca hasta ahora había ido. Caminaban mientras conversaban de muchas cosas, hasta que Laura le pregunta a Frank:

"¿Eres casado?
"Si y no." le contesta Frank.

"¿Sí y No?! ¿Cómo es eso, no entiendo?" preguntó Laura.

"Es que estuve casado, pero estoy separado desde hace mucho tiempo. Ni ella ha puesto el divorcio ni yo me he visto en la necesidad de hacerlo."

"¿Por qué?"

"Porque en cuestión de amores tengo el alma seca y creo que voy a morír estando solo, y en verdad me siento bastante comodo viviendo en compañía de mi soledad."

"Yo también pensaba así hasta que te conocí a ti." dijo Laura con la cara triste.

"Lo siento mucho Laura. Eres muy linda y agradable y puedes conseguir alguien que te llene de nuevas emociones, porque las mías hace mucho que se durmieron. En otras palabras, no encuentro como despertarlas, ya no tengo más que dar."

Iban caminando por una de las veredas del parque y alcanzaron a ver un grupo de adolescentes debajo de un árbol, con una música estridente que según ellos era moderna. Era una canción que hablaba en sus letras, de modo explícito, de un acto sexual y mencionaba sin ningún prurito los nombres más vulgares por lo que se conocen los órganos sexuales. Un verdadero monumento al mal gusto y a lo que hasta ahora se ha conocido como arte.

"¿Que es eso?" —pregunta Laura—. "Estos adolescentes que se atreven a decir que la naturaleza es obsoleta, que todo lo que ellos hacen está bien y es moderno. Entonces me pregunto: ¿Que es lo moderno y que es lo antiguo? ¿De dónde viene el modernismo?"

"El modernismo es una tácita copia de lo antiguo" dijo Frank.

Laura le dió dos palmaditas en la espalda mientras él, miraba y acariciaba la cabeza de Caronte. Tomaron rumbo a casa de Frank pues se estaba poniendo frío y estaba anocheciendo también. Se despidieron en la puerta. No sin antes Frank darle otra vez las gracias por el perrito, que iría a ser su compañero de ahora en adelante. Le dió las gracias por sus intenciones amorosas pero que en otras circunstancias pudo ser posible. Ella llenaba todas las expectativas para él o para cualquier hombre.

3

omo todas las noches, el
reloj parecía caminar más lento
para Frank porque dormía
despierto a causa del horroso insomnio que
padecía. Eran cerca de las dos de la mañana
cuando oyó el sonido de un vehículo que parecía
estacionarse al frente de su casa, lo cual a esa
hora de la noche resultaba sumamente
sospechoso. Se levantó sigiloso de la cama y se
acercó a la ventana que estaba cubierta por una
cortina gruesa de color azul oscuro. Abrió con un
dedo un espacio pequeño que apenas se podía
ver hacia afuera. Más o menos se imaginaba lo
que pasaba, pero quería estar seguro de su
presentimiento. Él tenía un garage donde
estacionaba la camioneta en la cual guardaba
todas sus herramientas. Era su costumbre
guardarla bajo llave porque tenía mucho dinero
invertido en utensilios de trabajo. El garage
estaba hecho de bloques de cemento y
herméticamente cubierto con varillas de hierro.
También tenía una puerta de metal fuerte

corrediza hasta el suelo, unida por tres candados bastante robustos. Medidas de seguridad un poco exageradas, pero así era Frank.

Él mismo no se explica por qué ese día, con su noche, había dejado la camioneta afuera del garaje, estacionada en el patio detrás de la casa. Vió salir de la puerta derecha del carro un hombre joven vestido de negro, que se ponía un pasamontaña —negro también— y se acercaba al portón con una herramienta estilo tijera. Oyó el clik cuando el muchacho rompió el candado del portón y muy lentamente abrió la puerta, pero tuvo que volver al vehículo a recoger otra herramienta larga de punta afilada que parecía un punzón la cual colocó debajo del brazo para cruzar de nuevo el portón. Ese tiempo lo aprovechó Frank para ir rápidamente al armario, tomar su escopeta y poner su celular en el bolsillo de la bata, tomar unas cuantas amarraderas plasticas (de esas que sirven para atar cables), echarse unas cuantas, en el bolsillo de su bata, mirar hacia la canastilla donde estaba Caronte que dormía sin importarle lo que pasaba. Caminar hacia la camioneta con la escopeta lista para disparar y agacharse al pie de un árbol que estaba a la derecha de la camioneta y esperar al joven, mientras el otro muchacho se quedaba esperando afuera por la señal de que podía entrar. La idea era que el primer muchacho entrara, abriera la camioneta, la pusiera en neutro y entre los dos la sacaran del patio sin el más mínimo ruido para llevarla hasta la calle, encender el motor y marcharse de allí cada uno en un vehículo. El muchacho vestido de negro y con su pasamontaña que le cubría el rostro, se acercaba cada vez más a Frank. Llevaba en la mano derecha un martillo de goma para amortiguar el golpe a la cerradura de la camioneta.

Así fue, inclinó su espalda hacia el suelo, puso la punta del punzón en la cerradura de la puerta de la camioneta, y se preparó para dar el primer golpe. De repente, sintió como si fuera un pedazo de tubo frío, detrás de su oreja izquierda, y oyó una voz muy queda que le dijo:

"Un movimiento más y te hago la cabeza polvo."

El muchacho miró por el rabo del ojo y alcanzó a ver un hombre alto con barbas y pelo largos blanco, que le apuntaba con una escopeta justo detrás de su oreja.

"¡No te muevas!" le oyó decir a la misma voz, "¡Pon las manos en tus espaldas, lentamente!" dijo otra vez.

El muchacho empezó a moverse hacia atrás, la mano izquierda y luego la derecha, y las juntó. Frank sin quitar la escopeta detrás de la oreja del muchacho, se metió la mano en el bolsillo de su bata y sacó una amarradera de plástico, la envolvió en las manos temblorosas de aquel muchacho, que en silencio sudaba frío. Frank, cogió otra amarradera la pasó por la correa del pantalón del muchacho, la unió con la de las manos, así era más seguro para él y el muchacho. Le quitó el pasamontaña, sin quitar el cañón de la escopeta de la oreja. Metió la mano en el bolsillo de su bata otra vez y sacó su teléfono móvil, encendió la camara y le tomó una foto a la cara del muchacho.

"¡Camina, y no trates de hacer nada indebido porque si no, aquí tú y tu

amigo mueren!"

Llegaron al portón. Frank caminaba detrás del muchacho como cubriéndose, por si el otro disparaba contra él. Cuando cruzaron la calle y llegaron al carro el otro muchacho estaba pálido del susto.

"¡No te muevas!" dijo Frank con voz decidida. "¡Abre la puerta y sal del carro! ¡Muéstrame las manos, todo el tiempo!"

El muchacho moría de miedo y salió, puso sus manos juntas en su espalda, recostó su cuerpo de frente al carro, como símbolo de sumisión. Frank amarró las manos igual que al otro muchacho, le quitó el pasamontaña, le tomó una foto a su cara también.

"¡Por favor, perdónenos!" dijo uno de ellos.

Frank, en silencio, tomó dos amarras de plastico, juntó a los muchachos por sus espaldas y los amarró.

"¡No se muevan de donde están!" les dijo.

Buscó dentro del carro por si había un arma o algo parecido. Al no encontrar nada, salió del carro, fue al frente con su teléfono móvil en una mano y en la otra la escopeta que siempre apuntaba las cabezas de los muchachos. Le tomó una foto a la placa del carro, y les dijo,

"¡Pueden irse! Si los vuelvo a ver por aquí, no vivirán para contarlo."

Uno de ellos le preguntó:

"¿Que va a pasar con el carro?"

"¡La policía se encargará!" contestó Frank.

Un muchacho caminaba de frente y el otro de espaldas, hasta que se perdieron de vista. Frank cerró el portón que tenía el candado roto, entró a la casa, buscó un candado similar, volvió hasta el portón y lo puso, luego subió a la casa, puso todo en su lugar, y se dispuso a conciliar el imnsonio después de tan tremendo susto que pasó.

Frank usaba como alarma para despertar un radio pequeño donde ponían a todas horas música clásica. El radio sonó a las seis de la mañana. Abrió los ojos, había descansado algo, pero no lo suficiente. Sentía la pesadumbre de la noche anterior y se sentía extenuado, pero había que levantarse a trabajar. Fue al baño hizo su rutina diaria y salió de la casa con Caronte en su canastilla tomando leche. Fue a la camioneta, la encendió, dio marcha atrás y paró junto al portón, con su nueva llave y abrió el nuevo candado que había puesto en la madrugada. Abrió el portón y echó una miradita hacia el carro de los muchachos que la noche anterior trataron de llevarse su camioneta. El carro estaba en el mismo lugar, con las ventanas abiertas y con las llaves puestas. Sacó su camioneta, la estacionó, salió de ella, cerró el portón con candado, volvió a la camioneta y se dirigió a la iglesia de San Mateo para verse con el padre Gus que lo estaba esperando, no sin antes pasar por la misma cafetería de siempre.

La señora que servía en la cafetería le dio los buenos días. Frank se los retornó. Se sentó en el mismo lugar de siempre. Ella, después de traerle café negro primero y luego un pan con huevo y jamón, le pasó la cuenta. Él puso el dinero en la mesa con su adecuada propina, estuvo alrededor de media hora y se fue. Entró al estacionamiento de la iglesia San Mateo, abrió una puerta pequeña a la izquierda de la iglesia y entró.

"¡Ahí está!" le dijo el padre Gus, a un muchacho con rasgos de indio azteca, que estaba con él en el fondo de la iglesia y caminaron hasta encontrarse con Frank en el pasillo central de la iglesia. El padre Gus le dijo,

"¡Buen día, hijo mío!"

Frank inclinó la cabeza en reverencia a su investidura y le contestó,

"¡Buen día padre Gus! ¿Cómo está hoy?"

"Con los achaques de viejo, pero obra de Dios. Aquí te presento a Manuel Benítez, que acaba de venir de Mexico y necesita ayuda. Lo tengo aquí ayudándome en las cosas de la iglesia. Él es un buen cristiano, te lo recomiendo."

Frank lo mira de arriba hacia abajo. El muchacho era joven y fuerte. Frank, después de quedarse callado por un rato le preguntó:

"¿Qué sabes hacer en la construcción?"

"Aprender, lo único que sé es aprender, maestro." Frank, recordó que alguna vez le tocó a él decir lo mismo.

"Él necesita trabajo Frank, si lo puedes ayudar te lo voy a agradecer." dijo el padre Gus.

"Bien. ¿Cuándo puedes empezar?"

"Ahora mismo".

"Bueno pues. ¡Vamos a ver el trabajo" les dijo Frank a los dos.

La iglesia tenía alrededor de ciento treinta años de construida y en verdad había que remozarle por todos lados. Era necesario pintar todas las paredes, arreglar las escaleras y reforzar el escenario donde el coro y los músicos se juntaban, ya que a veces eran muchos y, por consiguiente, a causa del peso, se temía que pudiera caer en cualquier momento.

Frank iba recorriendo paso a paso todo para hacer un estimado, cuando se percató de una hendidura en la pared de la derecha que empezaba en una de las esquinas de una columna hueca y cuadrada que servía de respiradero. Algunos de los ladrillos de esa columna estaban sueltos y corría el peligro de que se desprendieran todos. La hendidura iba haciéndose larga hasta el fondo de la iglesia.

Frank se preocupó un poco y como el padre Gus y Manuel andaban detrás de él, no había que explicarle mucho lo que había que reparar con urgencia. Trató de subir por las escaleras que van al campanario.

"Hace mucho tiempo que nadie sube por ahí" dijo el padre Gus.

"Padre Gus," dijo Frank "lo siento mucho, pero esta reparación va a ser muy costosa. ¡Como usted puede ver hay que hacer muchas cosas, comprar muchos materiales y el trabajo tardaría de cinco a seis meses!"
"¿Cuánto tendré que gastar en esto, Frank?"

"Hmm, alrededor de cien mil dólares."

"Gracias a Dios que uno de mis feligreses dejó doscientos mil dólares en su testamento para esta iglesia, así es que puedes empezar cuando quieras."

"Manos a la obra! — le exclamó Frank a Manuel, quien era ayudante desde ese mismo instante.

"Tenemos que apuntalar la pared de la derecha primero, reforzarla, arreglar el respiradero, el campanario y después seguimos con lo demás."

El padre Gus giró un cheque de veinte y cinco mil dólares a nombre de la compañía *Constructora Albert LLC,* como inicio de los trabajos que harían en su iglesia.

Empezaron a medir, primero la pared de la derecha, la cual era más urgente. Frank, con todo el cuidado del mundo, fue subiendo sigilosamente por las escaleras de madera ya podridas que iban al campanario. Cuando llegó arriba, adonde estaban las centenarias campanas, empezó a quitar ladrillos del respiradero y de repente vió algo así como una bolsa de cuero cubierta de una costra de polvo, la cual pareció pasar inadvertida por mucho tiempo en ese lugar. La tomó, la abrió y adentro encontró un pequeño saco de henequén, el cual abrió cuidadosamente para descubrir lo que se encontraba en su interior. Lo abrió y al leer el contenido no daba crédito a lo que sus ojos veían. Muy grande fue su asombro al leer lo que parecía ser un viejo manuscrito de la Constitución de los Estados Unidos de America.

Frank bajó del campanario tomando las debidas precauciones y fue a encontrarse con Manuel y el padre Gus, a quienes comunicó su importante hallazgo. Al ver el documento Gus recordó que ese manuscrito, cuyo valor era multimillonario, podría ser el que había sido sustraído de un Museo de Nueva York hacia más de cincuenta años y que el identificado como autor de dicho robo fue detenido en Caribou, pero no se le encontró nada. El presunto autor del robo fue trasladado a Nueva York y mientras era interrogado sufrio un fulminante ataque cardiaco y murió sin decirles a los investigadores cual era la ubicación del importante documento.

"Hay que llamar a las autoridades! ¿Pero a quién?" Manuel le dijo a Frank.

"¡Maestro! Yo me voy de aquí porque soy ilegal y no quiero cuentas con la policía ni con la migra.

"Tranquilo" dijo el padre Gus. Frank, agregó,

"Si vienen los medios de comunicación, el padre se encargará. Vamos a seguir trabajando en otro lugar, ni tú ni yo tenemos que dar explicaciones."

"No hay inconveniente." respondió el padre.

Le tomó un minuto y medio a la policía en llegar a la iglesia y enseguida acordonaron el área para evitar la entrada de los curiosos y con el fin de asegurar que cualesquiera evidencias no sea contaminada. Empezaron a estudiar el hallazgo, tomaron bastantes fotos antes de mover algo. Los investigadores daban vueltas y vueltas preguntándose de donde vino y cuando. Todo estaba asegurado, el jefe de los detectives dio la orden que nadie tocara nada hasta que llegara el departamento de historia de los Estados Unidos quienes tenían oficina en la capital del condado. Unas horas después llegaron los historiadores, quienes con muchísimo cuidado revisaron el documento y se lo llevaron a la ciudad de Nueva York para compararlo con las fotografías que guardaban del original. La semana siguiente salió en los primeros titulares de todos los periódicos del país que el original de la constitución de los Estados Unidos había sido recuperado después de cincuenta años de haber sido sustraído del museo de Nueva York.

Frank y Manuel fueron a una ferretería a comprar la madera y todos los materiales de construcción que se iban a necesitar, especialmente unos maderos de ocho pulgadas para apuntalar la pared y nuevos ladrillos para reparar el respiradero. Así fueron comprados y puestos al alcanze de la mano. Todo estaba listo, empezaron a apuntalar desde el fondo hasta el frente donde esta el escenario, la puerta de entrada al campanario y la chueca escalera que el tiempo y el desuso se habían encargado de conventirla en inútil. Mientras Frank, Manuel y otros tres muchachos más seguían su trabajo. Llegó un sábado por la tarde cuando Frank le pagó la jornada a cada uno y les preguntó,

"¿Quién quiere una cerveza?" Todos afirmaron complacidos. "¡Yo!"

Llegaron al bar, donde Laura trabajaba, quien abrió los ojos igual que siempre al ver a Frank. Mientras charlaban y tomaban se oyó la voz de un borrachito que estaba al otro lado del bar diciendo,

> "¡Que me importa a mí que se seque el mar, si al fin de cuenta yo no tengo barco!" Todos rieron al ver con que seriedad lo decía.

El borrachito por un momento los vio a todos, quedó mirándolos y dijo:

> "¡Aunque tú me veas así, sucio, roto y feo, ya me vi como te ves, y te verás como me veo!"

Esta vez nadie rió, Frank le invitó una copa, él aceptó con mucho gusto y sonrió. Luego todos tomaron una copa más, Frank pagó la cuenta y les dijo a los muchachos,

"¡Los veo a las siete de la mañana el lunes que viene! ¡Pórtense bien!" Exclamó, le dio un beso en la mejilla a Laura y se fue.

Pasaron cinco meses y medio cuando el trabajo de la iglesia casi estaba terminado. Todo estaba nuevo, iluminado. La iglesia parecía más larga, más ancha que antes. En el pecho del padre Gus no cabía ni una gota más de felicidad. Mientras los muchachos daban los últimos toques suena el móvil de Frank, era Maurizio de *Namansa Music School* sonaba alegre, muy alegre y dijo,

"¡Frank, vamos a ser la sede del concurso nacional de canto el próximo semestre y el gobierno aprobó el presupuesto!"

"¡Te felicito!" dijo Frank también emocionado. "¡Prácticamente he terminado aquí, te veo la próxima semana!"

Caronte era todo un perro fuerte y vigoroso. Frank, lo podía dejar cuidando la casa, estaba loco por volver a jugar con él y seguir entrenándolo para mil cosas. Una de las cosas que hacía verdaderamente feliz a Frank, dentro de su huraña vida, era llegar a la casa y oír los ladridos de Caronte, que de antemano sabía que él llegaba. Sabía que le traía golosinas y comida. Caronte recibía a Frank, poniendole las patas delanteras en los hombros y prácticamente se abrazaban.

Frank jugaba con él en el patio, en la sala y también sacaba tiempo para ir al parque con su perro grande y maravilloso. Casi todos los días Caronte aprendía algo nuevo, pues Frank compró un libro de enseñanzas para perro. Caronte había aprendido a comer de todo porque Frank desde pequeño le enseñó que deberían (ambos) comer de todo, porque no estaban seguros lo que mañana tendrían que comer. Si había dinero, ellos comerían bien, pero si no, había que comer lo que apareciera. Después que Caronte creció, nunca tuvo problemas para comer. Esa fue una de las grandes enseñanzas que Frank le dio.

4

Poco antes de las nueve de la mañana, iba subiendo el elevador hasta el noveno piso. Con un café en la mano, se dirigió a su oficina, donde la esperaba su asistente quien sonriente le dio los buenos días y ella contestó de la misma manera.

"¿Qué tenemos para hoy?", preguntó la Dra. Karen Kazán. Quien era la asistente del fiscal general del condado de Hudson, New Jersey.

"Tenemos reunión urgente en la sala de conferencia ahora, nos están esperando, doctora." dijo su asistente.

"Bueno, vamos no hay tiempo que perder."

Bajaron al sexto piso y todos los oficiales de la fiscalía estaban reunidos. El Dr. Steigman era el fiscal general y explicó que el día anterior hubo un arresto por violación a un niño de cuatro años, por su propio padre, que había que

empezar a trabajar en el caso cuanto antes.
Hubo un momento de silencio en la sala de
malestar mezclado con una punzante indignación
entre todos. La tristeza se podía leer en cada
rostro, tanto en el de las mujeres como en el de
los hombres.

El Dr. Steigman explicó todos los pasos
legales que había que seguir y asignó a la Dra.
Kazán a cargo del caso. Después de muchas
preguntas y pocas respuestas, todos cabizbajos
salieron de la sala, pero decidido a dar el todo
por el todo. La Dra. Kazán, aunque ya era una
profesional experta, llegó a su oficina con su
asistente y se sentaron en silencio por un rato.

"Creí haber oído y visto todo" dijo entre
dientes. "Pero esto es lo más bajo que he
oído. ¡Por Dios que porquería de
humanidad somos!"

De los ojos de su asistente, quien era una
muchacha de casi veinticinco años, brotaron dos
lágrimas, las cuales secó con las manos. Ninguna
de las dos podía hablar en esos minutos, hasta
que se calmaron. Empezaron a trazar el plan de

ataque contra aquel que monstruosamente había cometido ese vil acto de barbarie.

Muchas llamadas, investigaciones, el sube y baja pisos, más de mil preguntas por aquí y allá, el día se hizo largo y fatigante para todos especialmente para la doctora Kazán. Al final de la tarde tomó su carro y se dirigió a su casa, a la cual llegó sumamente cansada. Entró a la cocina, fue a la alacena, sacó una botella de vino, la destapó, echó un poco en una copa y se lo tomó de un solo sorbo. Casi de inmediato oyó la voz de su hija que entraba por la puerta alegremente.

"Mami"

"¡La buscó por toda la casa!" hasta que llegó a la cocina y vio a su mamá sirviéndose otra copa de vino, "Mami mira!" Le enseño un papel el cual la doctora no pudo leer, pues el llanto no la dejó.

"¡Mami! ¿Qué pasa, qué pasa?" preguntó Adelina Kazán, la hija de la doctora. Las dos se fundieron en un caluroso abrazo, mientras la doctora seguía llorando.

"Ya, ya, ¿Qué pasó Mami, quieres hablar?" la doctora asintió con la cabeza. Fueron a la sala y se sentaron, hubo silencio. Cuando la doctora se recuperó miró a su hija, quien estaba asombrada de ver a su madre en esas condiciones.

"Cuánto quisiera que todo el peso de la ley cayera sobre ese mal nacido." dijo la enfurecida abogada.

"¡Mami, me asustas!" exclamó Adelina.

"¡Quiero que me perdones por lo que te voy a decir! Cada día me convenzo más, de que la naturaleza del ser humano es la maldad. Los humanos somos peores que los animales, porque los animales matan para comer y para defender su territorio o a su pareja mientras que nosotros somos capaces de quitarle la vida a un semejante por un insulto y capaces de hacer daño a nuestros semejantes por un motivo insulso y vanal sin medir las consecuencias que eso acarrea."

"¡Mami, me asustas!" dijo Adelina.
"Termina de decirme que pasó."

"Ayer por la tarde fue sometido un hombre acusado de violar a su propio hijo de tan solo cuatro años y yo fui asignada para llevar el caso."

"Santo cielo!" gritó Adelina "¿En qué condiciones está el niño?"

"Está en el hospital, en sala de cuidados intensivos pues le malogró toda esa parte de su cuerpecito" respondió la doctora mientras señalaba la parte trasera de sus asentaderas.

"No puede ser" dijo Adelina asombrada.
"¿Qué van a hacer?"

"Vamos a llevarlo a la corte para que sea condenado sin ningún tipo de indulgencia. Haré caer todo el peso de la ley sobre ese mal nacido y me voy a asegurar que jamás vea la luz del mundo. Si fuera por mí, lo pondría en una jaula de hierro en la calle principal sin comida ni agua, para que lo mire todo el que ahí pase y lo dejaría todo el día con su noche hasta que muera."

Los padres de la Dra. Kazán emigraron de Hungría en 1970, huyéndole a las limitaciones economicas que surgieron después de que ese país fue absorbido políticamente por la Union Soviética. Se establecieron en la ciudad de New York, pero al poco tiempo conocieron el Estado jardín (New Jersey) y quedaron encantados por la tranquilidad que existe allí, por lo que se mudaron a Unión City, una ciudad que es un pueblo a la vez.

El padre de Karen empezó con una compañía de construcción muy pequeña mientras la madre lo ayudaba con el papeleo, las llamadas, las citas, en fin, ella era la secretaria de la pequeña empresa. Juntos trabajaron todos los días de la semana y la pequeña compañía fue creciendo, haciéndolos emplear más personal en la medida en que la convertían en una empresa exitosa. En ese tiempo nació Karen Kazán, hermosa y bastante robusta. Fue la alegría de todos y así fueron pasando los años, mientras la niña Karen se hizo mujer. Se crió en un ambiente muy estable y pudo ir a los mejores colegios de la región. Se graduó en la escuela secundaria de Unión City, New Jersey y luego estudió leyes en John Jay University de la cual se graduó como abogada con altas calificaciones. Como sus padres residian en Union City, New Jersey, le fue posible poner su oficina con otros abogados y fue creciendo hasta que se postuló y ganó un concurso que la convirtió en asistente del fiscal del estado.

Karen era una madre soltera. Su hija Adelina le seguía los pasos como excelente alumna en la primaria y luego se graduó con honores en la secundaria. Ya para ese estonces deslumbraba como pianista y cantante en su entorno escolar, pero su mamá quería que estudiara derecho.

"¿Qué tienes ahí?" preguntó Karen después de haber dejado de llorar.

Adelina le enseñó la carta que había recibido aceptándola a estudiar en *Namansa, Universidad de Música* en Caribou, Maine, Dakota del Norte.

"¿Por qué tan lejos de aquí? ¿Si están la Universidad de Jersey City y la de Julliard en New York? Esas universidades están más cerca de casa. ¡Así es más fácil ir a verte a menudo!" Preguntó Karen.

"Porque dicen que en esa universidad están los mejores maestros de música del país."

"¡Todas las universidades son iguales, lo que cambia es el alumno!"

"No, Mami no" recalca Adelina. "Además, en *Namansa Universidad* voy a conocer gente nueva porque todos por aquí me conocen y yo los conozco a todos. Quiero salir, ver nuevas cosas, nuevas puestas de sol, nuevos amigos, etc."

"¡Humm, dejame pensarlo!" dijo la Doctora.

"Y más te cuento. Todo es casi el ochenta por ciento menos en cuanto a dinero se refiere. El registro es más barato, los utensilios, las tiendas, además es una ciudad muy bella y tranquila para estudiar y vivir. ¡Yo quiero ir Mami!" Imploró Adelina.

"¿Ok, pero me prometes que te vas a portar bien como hasta ahora?" enfatizó la doctora.

"Sí, mamá tú me conoces y sabes muy bien que lo voy a hacer."

Esa noche madre e hija se dispusieron a ir a dormir no sin antes de abrazarse y de decirse cuanto se querían y se fueron cada una para su cuarto una a soñar con su nueva vida y la otra a pensar en el caso que le esperaba al próximo día. Tenía un caso muy grande e indignante que resolver.

Llegó la mañana, despidó a su hija con un beso y con muchas recomendaciones, que tenga cuidado con esto y con aquello. Adelina por su parte, le recordó que ya estaba cerca de los dieciocho años y que no era una niña, que de la vida lo sabía todo, pero se fue feliz porque su mamá estaba de acuerdo con el viaje que emprendería después de su graduación de la escuela secundaria.

La Dra. Karen fue a su oficina y con el ajetreo del día se olvidó hasta de comer, porque el caso que tenía entre manos era sofocante y muy angustioso. Pasaron muchos meses de fuerte fatiga procurando optener más datos relevantes al caso del niño abusado por su propio padre, del cual, el desgraciado padre desafortunadamente era abogado también. En la primera audiencia se declaró no culpable alegando que estaba bajo la influencia del alchool y las drogas, que no sabía lo que hacía, que estaba extremadamente borracho, fuera de sí.

Él asumió su propia defensa, la cual el juez de turno aceptó. La fiscalía quiso negociar con él ofreciéndole una sentencia de veinte años de cárcel si se declaraba culpable, pero él la rechazó. El próximo paso era ir a juicio y él se sentía seguro de que el jurado iba a desestimar el caso porque él demostraría que en ese momento no estaba en sus cabales. Mientras él estaba en la cárcel preparaba su propia defensa. Después de un año y medio llegó el juicio. La Dra. Karen presentó el caso ante el jurado y defendió su criterio con argumentos firmes y contundentes. Él se defendió lo más que pudo, pero al final ningún jurado creyó en su versión y lo declararon culpable de todos los cargos.

Aparte de retirarle su diploma de abogado, tenía estipulada una sentencia de de treinta y cinco años a cadena perpetua. Hombres y mujeres lloraron al oir el veredicto. Lentamente salieron de la sala, unos cabizbajos y otros llorando de alegría porque sintieron que se le hizo justicia a la pobre criatura, que para ese entonces estaba recuperado físicamente, pero asistiendo a terapia sicológica cada semana con su madre biológica.

Karen después de felicitar a todos sus compañeros, que tanto la ayudaron en este monstruoso caso. En su auto se dirigió a su casa abrió la puerta, entró a la cocina fue a la alacena, sacó una botella de vino, la destapó, echó un poco en una copa, lo tomó de un solo sorbo y se sentó a llorar. Para entonces Adelina se había graduado de la escuela secundaria. Estaba haciendo los trámites correspondientes para entrar en una nueva etapa de su vida y ir a *Namansa Universidad de la Música* en Caribou, Maine Dakota del Norte, la ciudad más al norte de los Estados Unidos de America y también la más larga en el condado de Aroostook, Maine.

5

La doctora Karen Kazan adelantó sus vacaciones para poder acompañar a su hija a la universidad y así fue. Llegaron temprano al aereopuerto Newark, New Jersey, para su registro y tomar el vuelo que las llevaría a Maine, Dakota del Norte. Fue un viaje placentero y cómodo. Llegaron a su destino, tomaron un taxi que las llevaría a un reonocido hotel de que quedaba en centro de la ciudad. El próximo día (que era lunes), después de desayunar, tomaron un taxi para ir a la universidad. Las dos mujeres estaban entusiasmadas con llegar al recinto educativo y conocer su plantel.

Fueron recibidas por Maurizio Pantaleone, quien era el director de la Escuela de Música. Él fue muy amable con ellas. Después de verificar que todos los documentos de Adelina estaban en regla se dispuso a mostrarle todo el edificio, el campus y todas las aulas. Adelina estaba tan fascinada con su nuevo comienzo que no vio los detalles negativos que había por doquier. Fueron a los dormitorios, vio por primera vez donde iba a pasar los próximos cuatro años de su vida como estudiante de música. Maurizio le dio la bienvenida sonrientemente y le recordó que las clases empezaban ese próximo jueves, a las ocho de la mañana.

Después de dar vueltas por toda la universidad, en un momento Karen le preguntó a su hija a quien los ojos le brillaban que, si le gustaba este lugar, y Adelina dijo:

"¡Me encanta! Hay algo aquí que me trae alegría, no sé que es, pero creo que voy a ser muy feliz aquí. No sé si es el olor, el color o lo antiguo que hay entre sus paredes, pero presagio que algo bueno va a pasar."

"¿Sabes qué?" dijo la doctora Karen "yo estoy sintiendo lo mismo, este lugar tiene algo especial."

"Estoy contenta de que te haya gustado, Mami" dijo Adelina "porque según lo que leí y las recomendaciones que obtuve, esta universidad es excelente.

"Es hora de comer señorita." dijo la doctora. Adelina sonrió en un gesto de afirmación.

"Sí, vamos a comer porque mi estómago hace rato que me está gritando como niño en la cuna" murmuró Adelina.

Pidieron un taxi y la doctora Karen le pidió al taxista que le recomendara un buen restaurante para ir a almorzar. El taxista amablemente les dijo,

"Las voy a llevar a uno, que es una maravilla. Es italiano, pero sirven comida americana también. Estoy seguro de que les encantará, si es que les gusta la comida italiana." Al unisono las dos aceptaron la recomendación.

Llegaron al Ristorante Sole di Italia. Le dieron las gracias al taxista, después de pagarle y dejarle propina. Le esperaba la anfitriona, una muchacha super linda, graciosa que sonreía al recibirlas.

"¿Mesa para dos?" preguntó la anfitriona.

"¡Sí, por favor!" exclamó la doctora.

La muchacha las llevó hasta el centro del restaurante, y les preguntó,

"¿Les gusta aquí?" Adelina recorrió con la vista todo el lugar y vió una mesa al fondo para cuatro personas que estaba vacía.

"¡Me gustaría esa mesa! ¿Es posible?" preguntó Adelina. La anfitriona sonriendo amablemente le dijo,

"Sí, como ustedes gusten" y sonriendo las condujo hasta aquella mesa. El Sole di Italia estaba decorado como si fuera un restaurante del mismo centro de Roma.

Las luces eran muy tenues, casi todo estaba oscuro, pero se podían ver las paredes que estaban cubiertas con fotografías de las estrechas calles de Roma, Venecia, Milán y de muchas otras ciudades de ese hermoso país de Europa. Las lámparas imitaban faroles, los cuales alumbraban solo la mesa individualmente. De la cocina emanaba un olor agradabilísimo a mejorana, tomillo, romero, ajedrea, salvia, orégano y albahaca. El bar olía a vino tinto añejado y todo el salón a limpio pues los manteles y las servilletas eran de tela con una blancura impecable.

"¡Que lugar tan elegante y romantico!" resaltó Adelina.

"Así es," respondió Karen.

"Me gustaría tomar este momento para conversar contigo sobre algo que dijiste hace días" le dijo Karen a Adelina.

"Hace días te dije que te cuidaras porque los peligros nos acechan por doquier y tú me contestaste que ya tenías los dieciocho años y que de la vida lo sabías todo. Eso me dejó preocupada, porque nadie conoce la vida de un todo. La vida es como un camino, que cada vez que miras hacia delante se torna angosto y después ancho, va hacia la derecha en seguida da vuelta hacia la izquierda. A veces sube y a veces baja. A veces se torna transitable y a veces imposible de caminar. En ese instante, hay que parar, reflexionar, meditar, descansar y ver bien por donde seguir. Hay que cuidarse de cometer la menor cantidad de errores que se pueda, para luego no arrepentirse, pues los errores se pagan con muchas lágrimas, dinero y mucho dolor. Nadie conoce la vida de un todo, como te dije, hay que ser cuidadoso con cada paso que se da, pues los pasos son como el tiempo que se va y no vuelve jamás, por más que quieras. La felicidad no es la falta de problemás sino la resolución de ellos. Hay que buscar cómo ser feliz por todos los medios, pero con mucho cuidado, porque la vida es engañosa, caprichosa pero también es linda y divertida. También nos pone muchas trampas para que caigamos y si no sabemos levantarnos, pasaremos el resto de nuestros días lamentándonos de lo que hicimos mal. Cuando estamos jovenes malgastamos mucho tiempo en trivialidades que no tienen importancia. El tiempo no es una moneda que se devuelve. Hay que seguir los instintos, pero con precaución porque los caprichos son nuestros peores enemigos. Los caprichos y el fanatísmo van de la mano. Uno no te deja mirar las cosas que tienes a tu lado y el otro no te las deja analizar. Una persona que no analiza es una persona obscura y a una persona obscura todo el mundo se le aleja."

"¿A que te refieres, Mami?" preguntó Adelina

"A los hombres" respondió Karen.

"No todos los hombres son honestos, pero no todos son deshonestos. Hay que tener cuidado, como también hay que tener cuidado con el amor. ¿Cómo olvidar un amor? nadie lo sabe, nunca se aprende. El amor viene, te causa alegría, dolor, luego sonriente abre las alas y se va y te deja hecho pedazos. Cuando estamos bajo el manto del amor todo parece distinto, bonito y esplendoroso, en cambio cuando no está, todo se vuelve gris. Es un extraño sentimiento que a veces te lleva hacia la luz y como es caprichoso y malvado, te cambia el camino llevándote a la obcuridad. En la universidad vas a conocer muchos muchachos que te van a ofrecer la gloria, tienes que ver desde lejos, porque desde lejos se ve más claro, como dice una canción de un compositor español. Cuando te hablen dulce, bonito y te hagan propuestas amorosas, investiga primero quién es, de donde viene, que ideas tiene para contigo. No entregues todo antes de tiempo porque después quien va a pagar las consecuencias eres tú. No dejes que te engañen, sé cautelosa. No seas antipática con nadie, que eso lo único que deja es mala impresión. Ser amable no cuesta nada y vale mucho."

Adelina sonríe al momento que la camarera trae todo lo que pidieron y se disponía a servir.

"¡Se ve riquísimo!" dijo Karen y la camarera murmura:

"Espero les guste!" y agregó, "si necesitan algo más solo me llaman, por favor."

"Gracias lo haremos!" dijo Karen.

La comida fue excelente, el vino, el postre, el ambiente y esa tarde fue de mucho desahogo por parte de Karen, que pudo decirle a su hija cosas que antes no se había atrevido. Siguieron sentadas bajo aquel farol que las transportaba a otra parte del mundo. Hablaron de todo y de todos hasta que Adelina preguntó,

"Mami, hablame de mi papá."

Karen enmudeció, cambió su semblante y una rara nostalgia meclada con tintes de tristeza se reflejó en el rostro.

"Tu papá es un ser misterioso e impredecible" dijo con voz entrecortada.

"Tú nunca has querido hablarme de él ¿verdad?" exclamó Adelina.

"Es hora de irnos, señorita," evadió Karen. "Otro día hablamos de eso."

Se levantaron de la mesa despúes de haber pagado la cuenta. Se despidieron de la camarera, no sin antes prometerle que volverían pronto. Llamaron al mismo taxista, pues les había dado el número de celular. El taxista llegó en diez minutos y se sintió complacido de que hubieran disfrutado su sugerencia sobre el restaurante italiano. Las llevó al hotel donde se estaban hospedando y las dos damas mientras hablaban y hablaban llegaron a la habitación, luego de un rato de descanso salieron de nuevo a caminar por las calles de la ciudad. Llegó la noche de ese lunes y se fueron a la cama completamente cansadas del viaje, y de tan largo día.

"Nos tenemos que levantar temprano para ir a la universidad a arreglar tu cuarto" dijo Karen.

"Duerme bien, Mami" dijo Adelina.

A la universidad llegaron las dos damas, llevadas por el mismo taxista. Se dispusieron a arreglar el cuarto de Adelina, cuando alrededor de las once de la mañana alguien tocó la puerta; era Jennifer D'Agostino una muchacha alta muy graciosa y sonriente. Jennifer era quien iba a compartir el dormitorio con Adelina. Se saludaron alegremente y enseguida pareció que habría una bella amistad entre ellas. Se hicieron más de mil preguntas en muy poco tiempo mientras sonreían por todo. Jennifer vino a la universidad a seguir sus estudios de flauta. Aunque su papá era dentista y le había recomendado que estudiara medicina, ella decidió ir por los caminos de la música.

Los padres de Jennifer eran inmigrantes italianos, así que ella era una autentica Italiana

Americana en todos sus modales. Cuando Adelina
le preguntó que, si hablaba italiano, ella dijo,

"Claro que sí y lo escribo también".

"¿Entonces me vas a poder ayudar con mi
italiano?" preguntó Adelina. "Porque yo
soy cantante y sé que voy a cantar en ese
idioma."

"Claro que sí", contestó Jennifer, "no te
preocupes por eso, cuenta conmigo y
también vamos a ser muy buenas
amigas."

"A propósito" dijo Karen. "Voy a pasar una
semana en Italia y voy a recorrer las
ciudades más importantes porque estoy
de vacaciones.

Llegó el miércoles por la tarde y era hora
de que Karen dejara sola a su hija, y regresara al
condado Hudson. Se abrazaron. Se besaron.
Lloraron las tres casi sin parar; no sin antes que
Karen darle un millón de consejos a cada una de
ellas.

6

Empezaron las clases en la *Namansa Universidad de la Música*. Se registraron alrededor de seis mil estudiantes en ese semestre, casi todos de los Estados Unidos y el resto de diferentes países como Italia, Alemania, Korea del Sur y algunos de Latino America. Ese día fue muy congestionado y sofocante tanto para alumnos como para maestros porque fue a última hora que les dieron las instrucciones por escrito a todos los alumnos. Aunque fue un día muy ajetreado para todos fue a la vez muy emocionante.

Todo era nuevo para todos. Había una exitación sencillamente agradable. Todos estaban nerviosos por su primer encuentro con cada uno de los maestros y alumnos. Había estudiantes que venían de semestres anteriores y otros eran nuevos como Adelina y Jennifer. Con ellos también, se acercaba lentamente el frío y la nieve a Caribou Maine, Dakota del Norte. Frank y Manuel llegaron ese día a las siete de la mañana.

Después de saludar a Maurizio el director, se dispusieron a revisar las cosas que tenían que arreglar en la universidad; pues ya habían terminado con la reparación de la iglesia.

Había que remodelar muchas cosas, pero Frank quería enseñárselas a Manuel quien siempre estaba a su lado y dispuesto a ayudar en todo lo que le fuera posible. Frank recorrió una vez más los pasillos de la universidad para ver por donde empezaría a trabajar. En el primer pasillo se podía ver en el cielo raso que había bastante humedad que venía desde arriba y Frank, quiso cerciorarse que no fuera grave el asunto. Puso una escalera y subió a investigar. Al ver por dentro pudo darse cuenta de que toda esa parte estaba húmeda, incluyendo una viga de madera que servía de soporte. Había que cambiarla lo más pronto posible porque estaba bastante podrida y eso era peligroso. Era un tablón de unos doce pies de largo y cuatro pulgadas de ancho. Sin más rodeos bajó, le ordenó a Manuel que comprara uno nuevo porque ese había que reemplazarlo. Manuel fue a una maderería donde pudo encontrar un trozo de madera con las mismás dimensiones mientras

Frank fue a ver el salón de la biblioteca donde
había mucho trabajo que hacer. Al regresar
Manuel, ambos se dispusieron a cambiar el tablón
podrido por el nuevo. Con muchísimo cuidado
bajaron el viejo tablón y pusieron el nuevo. Iban
a empezar a martillar cuando de repente, abajo
en el pasillo, se oyeron explosiones que parecían
disparos. Sacaron la cabeza para ver qué estaba
pasando y alcanzaron a ver un muchacho que
entró por el pasillo principal, vestido de negro
con una gorra, también negra y con lentes
oscuros disparando a diestra y siniestra con una
AR—15 y dos revólveres en el cinto.

Se oyeron muchos gritos, tanto de
hombres como de mujeres, todos corrían
despavoridos, en todas direcciones. Era un caos
total. Manuel quedó estupefacto, sin saber que
hacer y Frank estaba menos alborotado. Todas
las puertas se cerraron automáticamente.
Algunos, entre maestros y secretarias que
caminaban por el pasillo, tuvieron la oportunidad
de guarecerse en algunas aulas y tirarse al suelo,
y así poder salvar sus vidas. Todo era pánico y
terror. El muchacho seguía disparando, hasta que
llegó al fondo del pasillo, dio la vuelta buscando a

quien más dispararle, bajo la mirada atónita de Manuel, que lo miraba desde el techo. Gracias a Dios que el muchacho en ningún momento alzó la cabeza para ver a Manuel y a Frank, porque de ser así, no lo contarían. Manuel estaba inmóvil acostado sobre el tablón nuevo que minutos antes había subido con Frank y vio que el muchacho con el fusil en la mano se acercaba nervioso por debajo de él. Sin pensarlo dos veces, se preparó para soltar el tablón en la cabeza de aquel desquiciado muchacho que movido por quien sabe qué, había provocado una másacre en el recinto.

Y así fue, cuando iba pasando, Manuel midió la distancia y en el momento exacto soltó el tablón, derribandolo al instante. Entró la guardia de seguridad, todos con pistola en mano y con un inmenso nerviosismo alcanzaron a ver algunos cuerpos mal heridos tirados en el suelo. Al muchacho que yacía en el suelo al lado del tablón que jamás esperó que le cayera del cielo.

Llegaron los paramédicos, los bomberos, la policía acordonó toda el area y al ver que ya no existía peligro alguno fueron dejando salir los estudiantes, profesores y todo el personal con muchísima precaución. En el pasillo principal, arriba estaban Frank y Manuel observando todo. La policía le pidió a Manuel que bajara lentamente pues era claro que él era el héroe de ese evento. Lo llevaron a la oficina para interrogarlo, mientras la ambulancia llevaba al tirador muy mal herido al hospital. El tablón le había dado justo en la nuca y le había fracturado parte de la columna vertebral. Según los médicos que lo atendieron, jamás volvería a caminar, pero quedó vivo para sufrir las consecuencias de sus actos.

Tudo Viscogliosi, llegó a la universidad para estudiar teatro musical, pero sufría de narcolepsia que es un desorden del cerebro el cual provoca a quien lo sufre dormir sin razón y a cualquier hora del día o de la noche. Esto le provocó no asistir a tiempo a muchas de las materias. Se quedaba dormido en los ensayos del coro, detrás del telón del teatro y en cualquier parte en que se acomodara. Nadie comprendía este desorden y lo confundían con haraganería, lo cual lo llevó a tener bajas calificaciones y por consiguiente lo despidieron de la universidad. Él quedó muy frustrado y resentido por esta acción y como en los Estados Unidos es más fácil comprar armas que medicina, le resultó fácil hacerse de las armás con la que proporcionó lo él llamó su venganza.

A Manuel, le hicieron toda clase de interrogatorio, lo cual lo ponía más nervioso cada vez porque era indocumentado y temía ser deportado. El padre Gus vino inmediatamente supo de la tragedia de ese día, donde murieron dos personas y otras cuatro quedaron heridas, pero no de gravedad. A Manuel, lo llenaron de gloria por su heroica hazaña. El gobernador lo declaró oficialmente hijo predilecto de todo el estado y con la promesa de darle el beneficio de quedar como residente permanente en los Estados Unidos de América. Casi hasta el hastío, la prensa tanto angloparlante como hispana lo entrevistó. Manuel ganó popularidad en todo el país y por consiguiente entre los profesores y alumnos de la universidad. Llamó la atención de Marta Pascuali, quien vino de Argentina para estudiar clarinete. Según dicen fue amor a primera vista.

Manuel no cabía en toda la ciudad pues nunca había tenido una novia tan bella e inteligente, como ella. Hablaba solo por todos los rincones, reía por cualquier cosa. Se notaba una gran felicidad en su rostro. Trabajaba con más entusiasmo. El padre Gus no paraba de expresarle el orgullo que sentía por él.

"¿Alguna vez estuvo enamorado?" le preguntó a Frank, mientras trabajaban.

"Sí, mi hijo, sí. Todos hemos sentido ese sentimiento por alguien, alguna vez."

"¿Verdad que se siente bonito?" volvió a preguntar Manuel.

"Sí, el amor, es muy bonito, pero también es muy traicionero, así que, anda con cuidado porque después vienen las lagrimás. También es verdad que no hay que decirle que no al corazón, aunque después le toque sufrir."

Manuel quedó pensativo por un instante, pero alegremente siguió trabajando. Cada llamada de Marta era un nuevo regocijo para Manuel. Estaba loco. Cada minuto del día pensaba en ella. Los días se le hacían largos por el desespero de estar juntos otra vez. Ir al cine, llevarle flores y caminar por el parque los domingos por la tarde. La esperaba ansiosamente que terminara las clases, para almorzar juntos o quedarse hablando en un banco del patio de la universidad. Ella, le correspondía a él, siempre amorosamente en todas sus citas, pero le había pedido anteriormente que la respetara, pues ella quería terminar su carrera primero antes de cualquier acontecimiento; como tener relaciones sexuales y menos hablar de matrimonio por ahora, lo cual él aceptó con mucha alegría. En una ocasión Frank lo encontró leyendo poemás de amor, sonrió y le dijo,

> "En verdad, estás enamorado Manuel. Todo aquel que lee poemas de amor, es porque está enamorado. Me parece buena muchacha."

> "¿Usted cree, maestro?"

> "Así es." respondió Frank.

Corrían los días y todo el mundo veía con dulzura esa pareja de enamorados que siempre caminaban de la mano. Un domingo por la tarde Manuel la invitó a comer al "*Sole di Italia*." Ella, gustosamente aceptó. Mientras Manuel manejaba su carcacha vieja, que con mucho esfuerzo la pudo comprar, ella le dijo que necesitaba unos lentes oscuros. Él no lo pensó dos veces y dijo,

"Yo te los regalo, mi amor."

"¡Tan bello!" dijo ella. Vió que él, cambió de ruta la cual los llevaría a uno de los centros comerciales más grandes de todo el condado.

Entraron a una tienda de lentes y ella se probó casi veinte tipos de espejuelos, mientras él esperaba pacientemente. Ella eligió uno y fue donde estaba él y le dijo,

"Me encantan estos, ¿te gustan?"

"¡Sí, son bellísimos!" exclamó él.

Se dirigieron a la caja registradora a pagar los lentes. Una muchacha muy sonriente los atendió, envolvió los lentes en un fino estuche y se dispuso a marcar el precio. Con una sonrisa y una mirada alegre le dijo a Manuel,

"Novecientos noventa y ocho dólares, señor, ¿cómo va a pagar cash o con tarjeta?"

A Manuel le dio un frío en el alma que casi no lo soporta. Dirigió la mirada a los ojos de Marta con una mezcla de coraje y decepción. Entró la mano en su cartera, sacó una tajeta de crédito que le habían dado esos días, se la pasó a la muchacha, pero ya con otro semblante. Enrojecida su cara, dejaba saber que le sorprendió el precio. La cajera le dio el recibo, después que él firmó de mala gana. Marta tomó su regalo y se marcharon de la tienda. Él iba callado y pensativo, ella vió que la calle que tomó no los llevaría al restaurante, pero no dijo nada. Llegaron a la entrada de la universidad y paró.

Ella sorprendida le pregunta, "¿Qué pasa, no vamos a comer?"

"Puedes bajarte por favor" dijo él. "La próxima vez, eligiré una mujer más humilde. Me equivoqué contigo. Hasta nunca."

Ella lo miró con rabia en sus pupilas, se quedó mirándolo por un instante y le gritó,

"¡Idiota!"

Abrió la puerta brusca y bruscamente la cerró. Él no dijo nada, la vió de espalda, que rabiosa caminaba y se alejó.

7

Iracundo y con una pesadumbre en las espaldas, que no podía con ella, entró Francisco Fernández, a quien le llamaban cariñosamente "El viejo Pancho" por la puerta principal de la universidad. Con un montón de papeles de música en los brazos, pasó por la oficina del director donde estaba Maurizio sentado en su sillón de cuero, quien levantó la vista y se encontró con la vista del "Viejo Pancho". Lo llamó para preguntarle como estaba en esa mañana.

Maurizio se sorprendió, al ver la cara que traía su amigo de tantos años.

"¿Qué pasa Viejo Pancho?"

Francisco Fernández, era un cubano que se radicó en la ciudad de Nueva York por los años cincuenta. Fue músico toda su vida. Encontró una oportunidad para estudiar en Julliard School of Music en Nueva York y con mucho sacrificio se graduó de Ph. D en música. Antes de graduarse, había estado tocando el piano con diferentes orquestas en la Habana Cuba. Cuando llegó a la ciudad de Nueva York, inmediatamente se integró a los grupos musicales de esa ciudad y de esa época. Pero no sin dejar de soñar con volver a Cuba, con su título de maestro de música e ingresar a la prestigiosa universidad de música de la Habana.

Con el andar del tiempo y por la situación política entre los dos países, no pudo volver a su tierra natal. Pero por su alta capacidad musical y sus conocimientos en la misma, se quedó como maestro en la escuela que le había dado el titulo de doctor en música. Después de algunos años se puso en contacto con su amigo Maurizio Pantaleone, quien es hoy el director de Namansa Universidad de la Música. Ellos se conocían desde la ciudad de New York. En esa charla Maurizio, lo convenció para que viniera a dirigir el coro de la universidad. Fue así como el viejo Pancho decidió ser parte de la universidad. Esa mañana el viejo Pancho estaba atribulado, enojado y con cara de pocos amigos.

Maurizio al ver el semblante borrascoso de su amigo se imaginó que estaba enfermo. Por su cabeza pasaron miles de cosas y preocupado lo invitó a pasar para hablar y saber que le pasaba esa mañana. Crujiendo los dientes y en voz baja empezó el viejo Pancho a narrarle a Maurizio lo que le pasaba.

"Tú puedes creer que el otro día venía caminando por la calle perpendicular a la calle principal, pensando en el desarrollo del evento de fin de semestre, cuando un muchacho de buen porte y bien aseado se me acercó por la parte derecha de mi cuerpo. Me saludó, lo saludé y seguimos caminando en la misma dirección, y al llegar a la próxima esquina nos debimos detener pues el semáforo estaba en rojo. Una pareja de enamorados, venían en su carro y también paró su marcha pues el semáforo para ellos cambió a rojo, y el de nosotros cambió a verde. El muchacho, que ya estaba en sus treinta años llevaba a espaldas una mochila negra la cual era nueva y fuerte."

Él bajó la cabeza y echó andar,

"Yo le seguí de cerca, pero cuando estábamos en el centro de la calle, el maldito muchacho del carro que esperaba por la luz aceleró repentinamente con el freno puesto y riendo a carcajadas y la muchacha también reía como si le hubieran hecho cosquillas en las costillas. El carro parecía un toro bravo, listo para envestir al torero. De las llantas salía humo y el ruido era ensordecedor. Nos espantamos pero el muchacho a mi lado, con la cara roja del susto, en un segundo, tiró la mochila al suelo y de la parte tracera de su cintura sacó un revolver y le apuntó al muchacho del carro, el que perdió la sonrisa casi de inmediato que vió que la punta del revolver en su frente. La muchacha se puso palida, más palida que mi cara y cambió su alegría o festejo por preocupación. El muchacho del revolver gritaba a todo pulmón 'iEnséñame tus manos, hijo de puta! iEnséñame tus manos, hijo de puta!' El muchacho del carro se puso tan blanco que parecía otra persona. Solo se le veían los ojos anchos y blancos que querían salirse de sus cuencas. Alzó las manos en obediencia, mientras el del revolver se le acercaba lentamente pero nerviosísimo."

'Saca la mano izquierda por la ventana y con la otra apaga el motor y sal del carro inmeditatamente'— le gritaba.

"Buscó y sacó de su bolsillo de la izquierda una placa que lo identificaba como policía del condado. No sé como lo hizo, pero en un instante el chófer estaba de frente al vidrio delantero del carro y con el cañon del revolver en su nuca. La muchacha gritaba y cacareaba como gallina en un patio antes de ser sacrificada para comérsela. El policía lo esposó y mandó a callar la muchacha de mala manera, mientras él pedía refuerzos por radio. Solo pasó un minuto y medio cuando tres patrullas de la policía se hicieron presentes. El chofer alegaba que solo fue un juego para entretener a su novia pero que no era con la intención de hacerle daño, a nadie. El sargento lo mandó al carro de patrulla y lo sentaron en la parte de atrás, mientras el seguía proclamando su inocencia. El muchacho (ahora policía) que venía conmigo se me acercó y me preguntó, '¿Estás bien?' Yo le dije sí, pero tengo que ir al baño, urgentemente."

Al oir esto Maurizio soltó una gran carcajada poniéndose rojo como tomate.

"¿Te estás burlando de mí?" le preguntó el viejo Pancho a Maurizio.

"No, ¡no nunca!" dijo Maurizio, "es que lo describiste con tal histrionismo, que me causó risa. Perdón, continúa."

El viejo Pancho también empezó a reír, pero esperó algunos minutos para seguir su relato.

"Me llevaron a la comisaria a llenar el reporte y a explicar todo cuanto pasó. Estuve medio día en esa oficina y fue un verdadero sacrifio para mí. Durante la espera, llegó la madre del muchacho del que quiso hacer un chiste con su actuación tan peligrosa, en contra de dos transeúntes y uno le salió policía. Los dos nos sentimos amenazados de muerte con ese carro, que rechinaban las gomas cuando el gracioso aceleró con el freno puesto. A mí en ese instante se me puso el corazón en la boca y al policía lo dejó muy pero muy nervioso. La novia del muchacho le señaló a la mamá que yo era uno de los involucrados y que estaba esperando para hacer mi reporte delante del comisario de la policía. La señora se dejó caer a mis pies, dando grito, llorando y suplicándome que no le levantara cargos contra su hijo, que solo tenía veinte años, que considerara que era un niño todavía. La novia del muchacho también se acercó a mí pidiendo clemencia que por favor entienda que fue una cosa de muchachos, pero que no había maldad, que por favor las ayude con este caso que no volverá a suceder."

"Yo, muy atribulado, le contesté que iba a ver que se podía hacer de mi parte, pero que no podía hablar por el policía. Le prometí que posiblemente le retiraría los cargos, por que a fin de cuentas a mí ni al policía nos pasó nada, pero le advertí que el policía posiblemente no lo iba hacer. Entre llantos y lamentaciones la madre, y la novia del muchacho se calmaron. Me miraban con mucha ternura y agredecimiento, por el momento."

"Luego llamaron al policía ante el comisario y empezó a relatar los hechos detalle por detalle. Después de contestar infinidades de preguntas el comisario le hizo la última deciendo, '¿Vas a formularle cargos a este ciudadano?' El policía indignadamente le contestó que si, porque a estos muchachos malcriados hay que darle una lección de urbanismo. El respeto a los demás no está en sus cabezas y hay que de algún modo ponérselos, aunque sufran y les quede antecedentes penales de por vida. Si no se castiga a uno, los demás lo tomarán como un gran logro de su destreza y ésta como otras instituciones serán objeto de burlas entre ellos. Son como potros salvajes que salen de sus casas sin ningún criterio de lo que es el buen comportamiento con la policía, con los maestros, ni mucho menos con los padres. Este muchacho, es como tantos otros de hoy en día, que vienen de hogares disfuncionales y se crian como chivo sin ley, porque la ley los protege siempre. Se creen empoderados de un falso poder que es perjudicial para todos. Por eso señor comisario, voy a llegar hasta las últimas consecuencias porque si no, él y sus amiguitos volverán hacer esto o peor. Después fue mi turno para dar las declaraciones pertinentes."

El comisario me hizo la misma pregunta,

"¿Vas a levantar cargos contra este ciudadano?" Oí sollozar a la madre y a la novia del que se pasó de gracia, quedé un poco pensativo y le dije,

"No, no, aunque estoy de acuerdo en un cien por cien con las autoridades policiales y con todo lo que acaba de denunciar el oficial. No, no, de mi parte no voy a levantar cargos contra este chico, pero si lo vuelve hacer deseo que le caiga encima todo el peso de la ley." La madre y la novia no daban crédito a lo que estaba diciendo. Abrieron los ojos más de lo normal y me sonrieron.

El comisario me dijo "se puede ir, señor Fernández."

Luego vi que le entregaba al policía la orden para ver al juez cinco semanas más adelante. Tomé mis cosas y salí a caminar un poco más aliviado, primero del susto y despues del astío que me causó la estancia en los pasillos del cuartel de policía. Pasaron los días y una vez más tuve que volver a la comisaria, a firmar la documentación requerida. Esta mañana estuve por última vez en esa oficina.

Supe que habían enjuiciado al muchacho y lo condenaron a 30 días de prisión y una multa de mil dólares por usar un arma letal, como es un carro acelerado a toda su capacidad en contra de un miembro de la policía del condado de Maine, Dakota del Norte, EE. UU. La sentencia le fue suspendida en vista de que el muchacho no tenia antecedentes penales pero la multa no se la libró nadie. Lo sentí mucho por el muchacho y familia, pero no hay que negar que él saliera de su casa a buscar ese problema, sabiendo que los problemás no vienen solos, que no hay que salir a buscarlo.

Con hambre y sed salía de la comisaría, me dirigí a pie la cafetería cubana que está a tres cuadras de aquí y a la cual voy con confrecuencia, porque cocinan bien y con sabor a mi tierra. Pedí un café negro cubano y luego pedí, costillas de puerco con arroz y habichuelas negras, todo al estilo cubano. Después que terminé, le pedí la cuenta a la camarera, que siempre me atiende. Saqué la cartera para pagar y en eso ví entrar a un muchacho más o menos de unos veinte años que miraba a todo su alrededor, como buscando a alguien. La mesa donde yo estaba sentado era la penúltima mesa al fondo del local, a unos catorce metros de la salida principal, y por donde vi al muchacho entrar.

Había puesto mi cartera sobre la mesa en lo que la camarera buscaba mi cuenta, cuando, como de la nada el muchacho que había visto entrar, lanzó su brazo largo y alcanzó mi cartera, y como un buen atleta emprendió la fuga camino a la salida. La camarera que venía con la cuenta se tropezó con el muchacho el cual no le dio la menor importancia, y siguió a paso raudo hacia la salida. La camarera gritó alto y duro, "¡Un ladrón! ¡Un ladrón!" Todos voltearon a ver quien era, pero solo le tomó un segundo al muchacho salir de la cafetería.

Pero como bajo el sol, nada es de nadie y la suerte es ciega. Al muchacho ese día no le acompañó la susodicha suerte, porque no bien dio dos pasos sobre la acera chocó de frente nada más ni nada menos que con un policía. Tanto el policía, como el muchacho quedaron por un momento abrazados entre sí, pero uno más sorprendido que el otro.

El policía, que caminaba totalmente despreocupado, en un momento no entendió lo que estaba pasando y le dijo al muchacho "¡perdón, perdón!" porque se creía culpable por andar distraído en horas de trabajo. En eso oyó a la camarera que gritó nuevamente "¡un ladrón, un ladrón!"

El policía despertó de su letargo y con el muchacho todavía en los brazos, agarró con fuerza su brazo derecho del muchacho, se lo retorció y dijo, "¡Espera!" Los dos se fueron de bruces al suelo. La camarera llegó a la escena y gritaba,

"¡No lo deje ir, es un ladrón, es un ladrón!"

El policía lo agarró del cuello, lo inmovilizó y dijo,

"Estás arrestado!"

Procedió a ponerle las esposas, mientras que el muchacho ladrón solo daba vueltas a la cabeza en señal de negación.

"Otro lío para tu amigo" le dijo el viejo Pancho a Maurizio. Alguien llamó la policía y de inmedito dos patrulleros se acercaron a la escena. El sargento se bajó de unos de los carros de policías y preguntó que había pasado. El policía se identificó ante él, y empezaron las averiguaciones. El ladrón lo habían mandado al carro de unos de los policías, mientras el sargento escuchaba los pormenores de este caso. Le preguntó a la camarera "¿Cómo fue todo?" La camarera empezó a dar detalles de lo sucedido.

"¿De quién es la cartera?" Ella respondió, "del señor que está ahí".

Después de identificarme con el sargento éste me preguntó, "¿Va usted a levantarle cargos a este señor? Sí, contesté sin vacilación."

Se llenaron todas documentaciones requeridas y se procedió a esperar por el proceso, mientras el muchacho esperaba en una celda del destacamento de la policía, de la ciudad. Llegó el momento del juicio y al muchacho le pusieron una multa de $250.00 dólares y 29 días en prisión.

"Después de todo no he vuelto a saber del muchacho del carro, quien nos hizo pasar un gran susto ni del otro muchacho de la cartera. Solo sé que cuando camino por una calle abro grandemente las periferias de mis angulos visuales. Camino más alerta que antes. No hablo por teléfono celular cuando camino, porque es un modo muy fácil de distraerse y no estar al tanto de lo que pasa a mí alrededor."

En ese instante sonó el timbre de la escuela anunciando que era hora de continuar con el trabajo de ser maestro. El viejo Pancho se despidió de Maurizio, quien se levantó sonriente de su silla y después de despedirse de su amigo con un abrazo fraternal dijo, "fue una charla amena."

Luego decidió seguir con su faena de todos los días, ser principal de la prestigiosa *Namansa Universidad de la Música*.

8

El sonido del timbre anunciando el cambio de aula de todos los estudiantes se oía por todos los rincones de la universidad. Se veían salir de cada aula una amalgama de personas de diferentes razas, diferente perfil, diferentes acentos. En el patio; pulcras y solemnes se veían caminar muchas muchachas de diferentes estaturas, pero todas con la misma actitud, moviendo las caderas con una devastadora sensualidad, una risa pícara que insinuaban peligro. La mirada desafiante y tierna que hacían doblar las piernas a cualquier macho cabrío que pasara por su lado.

Todos en silencio iban y venían. Unos, tratando de acercársele al oído de alguna de ellas para decirles la misma mentira de siempre, se hacían más visibles que otros.

"Yo te amo, desde que te conocí solo pienso en ti."

La muchacha sonríe, pero no le cree. En su adentro se oye la expresión,

"Sigue hablando que se oye muy bonito y a lo mejor te creo".

Unas cuantas muchachas, rompiendo el protocolo de silencio se disputaban al maestro de armonía. Una decía,

"Cuando él empieza a hablar mi mente empieza a viajar por el cielo azul, me lleva me trae y simplemente me quedo en el aire, pensando en esos brazos musculosos y esa voz varonil que descuederna mi cerebro".

La otra le dice,

"A mi me pasa igual, esos ojos verdes son sencillamente irresistibles."

Mientras algunas gozaban sus quimeras y soñaban con su profesor de armonía, otra las trajo a la tierra cuando dijo,

"Muchachas dejen de sufrir, él es casado y con hijos".

Todas suspiraron negativa y desilusionadamente. Otra empezó a dar saltos de alegría y aplaudir moderadamente para llamar la

atención de sus compañeras cuando vio al
mismísimo maestro de armonía. El maestro
sumido en sus pensamientos no advirtió lo que
pasaba. Giró hacia a la derecha en el fondo del
pasillo que lo llevaría de frente a sus alumnas,
admiradoras. Venía guapo, alto, erguido, esbelto,
gallardo, resuelto. Las muchachas lo veían llegar
cada vez más mientras aguantaban el aliento con
los ojos llenitos de pasión. Cada una hacía el
máximo esfuerzo para que los nervios no las
traicionaran y las hicieran hacer el ridículo en el
medio del pasillo. Pasó por el medio del grupo de
muchachas, sonrió y dijos,

"Buenas tardes niñas, gusto de verlas."

Una de ellas no aguantó más y abrió la
boca para decir algo, el resto de las demás
voltearon a verla con sus rostros llenos de
asombro y de sorpresa. Era Claudia con cara de
santa, que sobrepasaba todos los límites de la
imaginacion terrenal.

"¡Maestro!" exclamó Claudia. "¿Le puedo
hacer una pregunta?"

Hubo un siliencio sepulcral entre las muchachas. El maestro detuvo sus pasos, abrió sus ojos verdes y los dirigió hacia Claudia, quien quería que se la tragara la tierra en ese momento, por la mirada intensa del maestro. Balbuceando las palabras dijo,

> "¡Maestro! ¡Usted tiene la entonoción perfecta lo que llaman perfect pich en inglés!"

Él clavó su mirada verde en los ojos de Claudia, quedó viéndola fijamente, sin mover sus ojos y mentalmente le tomó una fotografía a su cara y a su cuerpo. Su pecho, su corazón, empezaron a moverse más de lo acostrumbrado, sintió que las manos no las podía tener en orden, su mente solo gritaba,

> "Dios mío, dónde estaba esta muchacha antes de casarme".

Sonrió gentilmente y le contestó:

> "Sí. Mis padres, que son también músicos, lo advirtieron desde temprana edad, pero igual he tenido que estudiar y practicar mucho."

Se oyó una algarabía que venía de entre todas las otras muchachas que reian y saltaban, unas decían, "Te lo dije" otras decían "wow, wow".

El maestro con la cabeza aturdida por la belleza de Claudia sonrió y fue, alejandose lentamente del grupo de muchachas y les dijo;

"Las veo en clases, no lleguen tarde".

Al otro lado de la escuela, en el otro pasillo, Frank se disponía a arreglar una lámpara en el techo, que hacía días que no funcionaba bien. Dirigió la punta de la escalera cerca de la lámpara para así trabajar más comodo. Llevaba una correa porta herramientas en la cintura en la cual colgaba martillos, alicates, cuchillas, alambres y todas clases de utensilios útiles para su trabajo. Cuando llegó al cuarto peldaño de la escalera oyó la voz de una muchacha que venía hacia él, con un muchacho al lado, que a todas luces la venía acosando de mala manera.

La muchacha le decía,

"No me impacientes, yo no vine aquí para buscar novio ni marido, vine a estudiar y a

graduarme después voy a tener mucho
tiempo para encargarme de eso asuntos,
pero ahora no, por favor, no insistas
porque no vas a lograr nada."

El muchacho era alto y rubio de padres
italianos y con una actitud sumamente arrogante
y terca le decía,

"Por más que lo niegues, yo a ti te gusto y
vas a hacer mía, por las buenas o por las
malas. Ninguna mujer me ha rechazado y
tú no vas a ser la primera."

Ella muy molesta y callada se acercaba a
los pies de la escalera donde estaba Frank, quien
se quedó estupefacto e inmóvil, por lo que estaba
viendo y oyendo. Ella alzó la vista para ver quien
estaba en la escalera y sus ojos encontraron la
mirada de Frank, quien no daba crédito a este
acontecimiento. Jared Mundio, quien era un
atorrante acosador de muchachas, vio como
Frank esperaba a que pasaran por el lado de la
escalera y cómo miraba a su muchacha, según
él. Volteó la cabeza hacia arriba y vio un hombre
de largas barbas blancas, delgado, con una
correa llena de herramientas, con una tierna

sonrisa en los labios, una mirada limpia, y profunda, la cual el atorrante acosador ignoró por completo.

Con un gesto agresivo y despectivo le hizo señas a Frank y pateó uno de los peldaños de la escalera, cayendo Frank al suelo, sin remedio. De la garganta de Adelina salió un grito ensordecedor que se incrustó en cada pared de la Universidad, llamando la atención de todo el plantel.

Frank cae del lado derecho y la escalera cayó muy cerca de su cabeza, salvándolo así de un fuerte golpe y hasta de la muerte. Adelina, histérica, dando gritos a todo pulmón, clamaba por una ambulancia mientras se acercaba a Frank, que yacía en el suelo preopupado y buscándose por todo el cuerpo una herida de importancia algún brazo roto o una pierna. Adelina llegó a él con toda la intención de ayudarlo, ella muy conmocionada le pregunta;

"¿Cómo estás señor?"

Él, quedó en silencio por unos segundos, alzó la cabeza para encontrarse con esos ojos que lo miraban con ternura y piedad. Él, con voz baja le dijo;

"Estoy bien, sí, parece que estoy vivo". Ella le pasó la mano izquierda por detrás para ayudarlo a parar, mientras el atorrante rubio, reía a pocos metros de allí.

"Ríete ahora!" dijo Adelina, "porque te voy a reportar a la oficina principal!"

"¡No pasó nada ni nada va a pasar!" dijo el arrogante pretendiente de Adelina. En eso vinieron los paramédicos y llevaron a Frank en camilla hacia la ambulancia, le hicieron mil preguntas, le tomaron la presión, y todo lo demás buscando una fractura, gracias a Dios, Frank era fuerte y nada pasó.

Vino Maurizio, el director de la escuela y amigo de Frank a indagar en los acontecimientos. Frank con una sonrisa en los labios repetía que no le había pasado nada, pero Maurizio no estaba comforme y dijo,

"Esto no se va a quedar así."

Adelina, Frank y Maurizio miraron al rubio, que arrogantemente daba muestra de no estar preocupado. El tarado rubio con la pierna derecha doblada, agantandose del muro del pasillo con la espalda, burlonamente y desafiante, se le veía mirar para todos lados, pero con aire de altivez. "No pasa nada", murmuró.

Vino la seguridad del plantel y Maurizio ordenó que los llevaran a su oficina a él y a Frank para hacer sus respectivas declaraciones. Así pasaron algunos minutos, hasta que la sirena volvió a sonar y todos los estudiantes entraron a sus respectivas aulas de clases, mientras Frank y el arogante rubio esperaban en la oficina principal. Frank estaba callado, como siempre, mientras el tarado rubio, empezaba a perder la paciencia porque para él era un insulto que lo tuvieran sentado en una silla de la oficina principal; si él era de otra estatura social y al final él no había hecho nada. En eso entraron un señor bien vestido, con un traje de casimir gris, hecho a la medida, con un pañuelito de seda color rojo debajo de la solapa izquierda del traje, como diciendo "yo estoy aquí."

A su lado, entró una señora que parecía que había comprado el cielo y la tierra, llevaba puesto todos los adornos que las tiendas para mujeres ya no venden. Con autoridad y firmeza en la voz dijo, "¿Por qué mi hijo está en la oficina? ¡Necesito una explicación clara y precisa!"

"Su hijo está suspendido por diez días, señora," dijo Maurizio con la misma fortaleza en la voz que la mujer.

"¡Si es así, el subsidio que le damos a esta escuelucha queda detenido por el resto del año!"

Maurizio, siente pánico al oir que la escuela se va a quedar sin parte del dinero que necesita para mantenerse en pie y quedó por un momento callado. Pero dio un fuerte golpe con la mano derecha sobre su escritorio y con voz extridente dijo:

"¡Sí, es así, este muchacho queda suspendidio por el resto del año y por el resto de los que vienen también! No quiero a este señor en mi escuela y voy a hacer una circular para todas las escuelas, para que no lo acepten en ninguna otra. Esto no va a quedarse aquí."

El señor que acompañaba a la señora que parecía más una espantapájaros que una señora, salió siendo el padre y la señora la madre del susodicho rubio jojoto. El señor de traje a la medida, mientras daba vueltas a su sombrero gris miró apaciblemente a Maurizio y dijo:

"Pero no es para tanto señor rector. Esto se puede arreglar de una manera no tan drástica de ambos lados."

La mujer pretendió seguir alegando cuando el señor la mandó a callar de mala manera y le recordó, que ese muchacho tiene esa actitud irrepetuosa, por la flaqueza que ella ha demostrado ante él desde que nació y que hoy se veían los resultados. Después de la interrupción, el señor se sentó amablemente frente a Maurizio para conversar.

"Todo se puede arreglar, señor mío," le dijo a Maurizio. "Este se relajó un poco y empezó una charla civilizada. Le contó lo

que pasó, le explicó con calma que su
muchacho era supermalcriado y que
siempre había quejas sobre él por una
cosa o otra."

Llegaron a un acuerdo, que como un acto
disciplinario lo iban a suspender solo por diez
días, con el derecho a volver a recinto escolar
solo para entregar las tareas correspondientes.
Que los señores se comprometían a llevar al
muchacho a un examen sicológico y mantener el
sibsidio correspondiente, para poder seguir con el
mantenimiento económico de *Namansa
Universidad*. Así quedaron, Frank que estaba
sentado al fondo de la oficina, se incorporó a la
misma vez que todos. Se despidieron y uno a uno
fueron saliendo al pasillo, en silencio.

Frank vio a su derecha la silueta de
Adelina en posición de espera. Él se acercó a ella
sorprendido porque no la esperaba. Élla abrió sus
ojos bonitos y claros pero mojados por el llanto y
le preguntó a Frank;

"¿Cómo estás?

"Bien. Ya todo pasó. ¡Pero estás llorando! ¿Por qué?"

"Es que me siento culpable de lo que pasó y siento pena por ti."

Él se acercó a ella un poco más, pero con respeto y le dijo, "Vamos a ser amigos."

Ella, exaltada dijo, "¡Sí! Me gustaría. Mi nombre es Adelina Kazan, soy soprano y vine a estudiar música aquí, tengo casi veintidós años."

"Soy Frank, Frank Martínez. Soy el conserje de esta escuela, para lo que necesite, señorita." le dijo él a ella.

"Señor Frank," dijo ella.

"Digame solo Frank, por favor, así me siento más comodo con usted."

"¡Ok!" dijo ella, ya más relajada, "A usted se le ve que es una buena persona."

"Me alegro señorita, me alegro de que piense así," dijo Frank.

El siguiente domingo, Adelina abrió las ventanas de su cuarto y vió un esplendoroso día de mayo. El sol tenía una perfecta temperatura para estar disfrutándola en el parque, caminando o sentada en un banco haciendo sus tareas. No lo pensó dos veces y dando saltos de alegría, anduvo por todo su dormitorio buscando lo que se iba a poner para salir. Jennifer, su compañera de cuarto preguntó,

"¿Esa alegría de donde sale?" Adelina le dijo,

" Ves que día más hermoso es hoy, hay que salir, ¡hay que disfrutarlo!"

"Tienes razón" respondió Jennifer, "voy a cambiarme. ¡Te veo a allá!"

Adelina después de caminar todo el parque, de disfrutar del olor del aire fresco y de las flores que empezaban a renacer en primavera, decidió sentarse en un banco que era cobijado por un frondoso árbol que dejaba caer sus hojas delicadamente al suelo.

Estudiando estaba su tarea de solfeo cuando sintió la presencia de una persona al lado de ella, sin levantar la vista dijo, "¿Jennifer viste que lindo día?"

"¡Sí, que lindo día, para el amor!"

Ella se espantó al oir la voz de un hombre, no de una mujer. Dejó todo lo que estaba haciendo, se levantó del banco en un segundo, pero las rodillas no podían con su cuerpo, vió la cara del rubio asqueroso, que venía a insistir con tener una aventura amorosa con ella.

Le gritó "¡Qué haces aquí, idiota!"

Él responde, "¡calma!, ¡calma! Solo vine a verte y hablar contigo."

"Yo no tengo nada que hablar contigo" le gritó Adelina otra vez.

Él se le fue acercando como para besarla, ella lo empujó y le dijo,

"¡No te atrevas porque voy a gritar fuerte!"

Él no detenía su intención, cuando oyó a Jennifer, que se estaba acercando, gritar;

"¡Dejala en paz!"

El rubio prepotente, con cara de enojo, volteó la cabeza para ver a Jennifer y se encontró con la figura de Frank, con un perro grandote aguantado por una correa, a unos seis metros de ellos. En silencio y sombrío Frank sonrió, le pasó la mano por la cabeza a Caronte, que ya pesaba unas ochenta y cinco libras y que cuando se ponía en dos patas alcanzaba más de cinco pies de altura. Soltó la correa de Caronte el cual entendió el mensaje y fue en busca del atorrante muchacho.

Se le puso de frente alzó sus patas hasta el máximo y las puso en los hombros mientras gruñía con la cara más fea y fiera que tenía. El grandote y necio no sabía que hacer, su cara palideció por completo alzó los brazos y gritó,

"¡Ayudenme!"

La pierna izquierda del aterrorizado muchacho empezó a mojarse delante de todos y un olor peculiar salía de la parte de atrás de sus pantalones mientras Caronte nervioso, lo miraba con rabia.

"¡Caronte, está bien! ¡Buen trabajo!" dijo Frank.

Jared Mundio, todo sucio y mojado tomó el camino que de la salida de la universidad y nunca regresó. Sus padres mantuvieron sus donaciones.

9

Otra vez, señor Frank, no sé
como darle las gracias."

"¿Señor Frank? No, señorita,
digame Frank, nada más así me
siento más comodo y así suena con
más confianza."

"Es verdad. ¡Gracias, Frank!" dijo Adelina.

Caminaron Adelina, Jennifer y Frank por el
campus, por algún rato hasta que él decidió
sentarse en un banco grande alegando que los
viejitos no pueden aguantar mucho.

Adelina y Jennifer rieron graciosamente y
lo acompañaron a sentarse, mientras Caronte
movía la cola al mirarlos. Los tres hablaron un
poco, mientras Caronte parecía tomar parte de la
conversación por lo que movía la cola más de lo
normal y daba gritos de alegría. Parece que
esperaba que le reconocieran su labor con una
buena recompensa. Frank lo entendió. Sacó de

su bolsa unas galletitas y las puso en la boca de Caronte y le pasó la mano, y le dijo,

"¡Buen muchacho!" Caronte saluda a Adelina.

Él eufórico comenzó a lamer a Adelina por todas partes en forma de aceptación y Frank lo dejó hacer, y le dijo a Caronte,

"Caronte dale un abrazo a Adelina."

Caronte obedeció y ella casí se va de espaldas por la emoción y el peso de Caronte.

Fue un momento maravilloso para Adelina y Jennifer que reían sin parar, tanto es así que por un rato olvidaron si tenían tarea o no.

"¡Ya, ya está bueno! ¡Caronte acuéstate!" le dijo Adelina, pero cual fue la sorpresa él se acostó a los pies de Adelina, con toda propiedad. Adelina rebosaba de alegría dijo, "siempre quise tener un perro."

"¿Por qué no tienes uno?" preguntó Frank.

"Porque mi mamá siempre ha trabajado mucho, yo voy a la escuela y no hay quien lo atienda.

"A propósito, Frank, mi mamá quiere conocerlo. Yo lo describí tal como usted es y ella le quiere dar las gracias en persona."

"Dile que no se preocupe, que no es nada" dijo Frank.

"Pero ella lo quiere conocer lo más pronto posible."

"Sí, así será" dijo Frank. "Cuando venga a visitarte y si estoy por aquí, con muchísimo gusto la conoceré, pero otra vez te digo que no es nada. Solo quiero que tengan pendientes que ustedes son aún muy jóvenes, bonitas y tienen que cuidarse."

"Hableme de usted, señor Frank" pidió Jennifer.

Frank se incorporó, pasó sus manos por las mejillas, sonrió un poco y dijo,

"De mí no hay mucho de que hablar. Soy de descendencia mexicana y canadiense. Mi padre era de apellido Martínez y era maestro de constructor. Había ido a Canada contratado por una compañía de construcción, de la cual no recuerdo el nombre ahora. Allá conoció a mi madre, que trabajaba como climatóloga, luego el final de la historia es la misma. Andando la vida le seguí los pasos a mi papá y hasta el sol de hoy estoy trabajando en construcción."

"¿Se casó alguna vez?" le preguntó Adelina.

"Una vez estuve casado, pero fue por muy poco tiempo."

Adelina oyó la voz de Jennifer, quien compartía la conversación,

"¡La tarea Adelina, la tarea!" Adelina con una sonrisa refrescante, estiró la mano para saludar a Frank.

"Es hora de terminar la tarea, Frank" dijo Adelina.

"¡Sí! Vayan."

"Nos vemos otro día, cuando su perro no tenga que avergonzar al hostigador de Adelina." dijo Jennifer.

"¡Ah sí, eso espero" dijo Frank!

"Mucho gusto, soy Jennifer, la que comparte el dormitorio con Adelina."

"El gusto es mío, Jennifer. Estoy orgulloso de que dos niñas como ustedes sean tan equilibradas. Estaré pendiente de ustedes, aunque me vean trabajar."

"¿Frank, nos puede ayudar con la tarea de música que es un poco difícil?" dijo Adelina mientras buscaba dentro de sus papeles el aria que tenía que cantar en el próximo seminario que sería dentro de dos meses. Ella encontró la partitura y se la enseñó a Frank, quien se puso rojo al ver el titulo y las bolitas de música que subían, y bajaban sobre el papel.

"Esa es una aria de un compositor, pianista y director de orquesta Americo—alemán! Le vamos a hacer un gran homenaje a su persona y a su música."

Frank, veía los papeles, pero no encontraba las palabras precisas para decirles a esas muchachas tan amables que estaba pasando por su mente, en ese momento. Por el temblor de las manos de Frank, Jennifer se dio cuenta y le dijo a Adelina muy por lo bajo,

"Él no sabe de música, Adelina" discretamente siguió buscando en los papeles y dijo, "Será en otra ocasión, porque se hace tarde y debemos terminar esto para mañana."

Frank asintió con la cabeza y dijo,

"Vayan, vayan y cuídense mucho, por favor."

Las dos dijeron a la vez, "¡Y usted también, pase buena noche!"

Acariciaron a Caronte quien daba señales que no estaba de acuerdo con que las muchachas se fueran, pero ladró como diciendo 'iVayan tranquilas que yo las cuidaré!' Frank y Caronte al lado tomaron rumbo al norte y las muchachas rumbo al sur. Tenían urgencia por llegar al dormitorio pues se les hacía tarde para terminar sus tareas de armonización y lectura musical, las cuales tenían que entregar a la mañana siguiente a primera hora.

Al llegar al dormitorio Jennifer, se quedó mirando fijamente a Adelina, la cual se sorprendió al ver la seriedad de la mirada.

"¡Adelina!" dijo Jennifer buscándole los ojos, "¿Tú que sabes más que yo de música, me puedes ayudar porque estoy perdida en esto?"

Adelina como de costumbre le contesto:

"¡Claro que sí, vamos a tener las mejores notas!"

Adelina después de acomodarse junto a Jennifer, se quedó por un rato en un letargo sorprendente, que llamó la atención de Jennifer.

"¿Que te pasa?" preguntó, ¿Estás bien?" dijo Jennifer.

"No, no es nada." dijo Adelina, disponiéndose a abrir el libro de música.

"¡No es posible que una muchacha tan joven este pensando en un señor, que, si bien te ha sacado de apuros, tiene tres veces tu edad, no es justo!" dijo Jennifer.

"Yo ni siquiera había pensado en eso" dijo Adelina. "¡Te lo juro! Estaba pensando en Caronte, en lo lindo y fuerte que es. ¿Y si se lo pido a Frank?"

"¡Acabas la vida del señor Frank y llenarás de tristeza a Caronte!" exclamo Jennifer. "No destruyas esa amistad por un capricho de una niña. No pienses en máscotas, que es mucho lo que te falta por estudiar."

El salón, donde ensayan los coros y orquesta mide unos sesenta metros de largo y otro sesenta de ancho. Tiene una especie de escenario que casi llega hasta la mitad. Encima del improvisado escenario, caben alrededor ochenchas sillas para el coro, abajo un piano de cola, un espacio pequeño entre el piano y el coro para el director y el resto del espacio para los músicos que se requieren para las diferentes obras musicales.

Esta vez la orquesta no sería tan grande como algunas veces. Esta vez estaría constituida por 2 flautas, 6 violines, 4 violas, 2 cellos, 1 grand piano, 1 harpa, 1 doblebass y 1 timpani; todos estos instrumentos son tocados por estudiantes de música y por eso es necesario ensayar, ensayar y ensayar.

Era martes a las dos de la tarde y uno por uno iban entrando al salón de ensayo incluidas Adelina y Jennifer, una muchacha alta, muy graciosa, y sonriente. Se sentó con su flauta en la mano, casi de frente a Maurizio, que esperaba con su batuta para empezar el primer ensayo del día.

Adelina buscó una silla y la puso al lado del piano donde el viejo Pancho la saludó amablemente. Todos habían entrado respetuosamente y fueron tomando cada uno sus posiciones para oir el saludo de Maurizio quien era el director musical y para escuchar otras informaciones de rutina que siempre daban.

"Hoy," dijo con voz firme, "vamos a empezar a ensayar una obra que nos dejó unos de los más grandes pianistas americanos de todos los tiempos. El viejo Pancho y yo no tuvimos el privilegio de conocerlo personalmente, aunque somos de la misma generación. Me refiero al Dr. Kyrico Kazan, un hombre que nació y vivió para la música. El día veinticinco de Julio se cumplirá el vigésimo primer aniversario de su desaparición física. Su memoria y sus obras las tenemos presentes en cada instante porque son sencillamente perennes."

Empezaron los primeros compases los cuales eran conocidos por Adelina, quien miraba la partitura y esperaba la señal de la entrada y así fue, pero cuando quizo cantar la primera frase, Maurizio, se fue poniendo rojo e impactado por la voz de Adelina que en ese momento dejaba mucho que desear y poquito a poco paró la orquesta.

Maurizio le pidió a Pancho, que le tocara en el piano la melodía para que Adelina la oyera y pudiera recordarla y así fue. Estaba tan nerviosa que no pudo satisfacer musicalmente a Maurizio ni tampoco a los músicos. Por más de tres veces, se trató de que entonara las primeras notas de la sonata que escribió su padre hace alrededor de veinte años. En un momento rompió en llanto y hubo que parar los ensayos. Estaba avergonzada, histérica y en estado de intensa exitación nerviosa.

Debido a qué, no se sabe, pero tenía problemas con las aumentadas sextas y con las novenas disminuidas, y esa obra que su papá escribiera tiempo atrás estaba cargada de esa armonía; y había que respetarlas para que se escucharan tal como las escribió el autor. Maurizio decidió dejar a Adelina en su lugar, pero solo escuchando la orquesta. Ándaba buscando calmarla, pues parecía una pollita mojada encojida de los hombros sin poder levantar la cabeza. Buscaba respuesta del por qué su agudo sentido musical le había hecho pasar por esta amargura, si ella estaba (hasta hace poco tiempo) muy segura de todo.

Pasó el primer ensayo, sin mucha alegría porque también los músicos tuvieron inconvenientes porque la obra era sencillamente simple, aunque muy difícil de ejecutar. Pero

Maurizio no se dejó intimidar y les dijo sonríente y amablemente,

> "Muchachos, no se preocupen que todo va a salir bien, nos queda bastante tiempo para pulir esta aria. Así que pueden irse, tomen un buen descanso y cuando estén descansados practiquen y vuelvan a practicar. Vamos a darle un fuerte aplauso a Adelina, para que se sienta mejor, pues ella sabe y nosotros también, que va a lograr triunfar."

Las manos de los músicos empezaron a chocar una con la otra, produciendo un sonido bonito y tierno que se convirtió en un aplauso de aceptación. Adelina subió su cabeza para mirarlos a todos e hizo un gesto de humildad y respeto. Jennifer por su parte acotejó su flauta en su estuche y fue a donde estaba su amiga, enferma de miedo.

> "¡Vamos!" le dijo Jennifer, "es hora de comer helado." Adelina tomó sus cosas y calladamente salieron del auditorio rumbo a la heladería.

Eligieron la mesa del fondo, donde no había mucha gente, lo cual permitió que las dos adolecentes rieran escandalosamente, mientras comentaban lo que había pasado. Fue un trabajo genial de Jennifer cuando convenció a Adelina que no pasaba nada y que lo mejor sería seguir estudiando y ensayando. Llegaron muchas noches de confrontaciones entre el consciente de Adelina y su sentido musical. Ella sabía que algo andaba mal, pero no sabía como remediarlo. Su subconciente sabía que cuando su aparato productor de la voz tenía que entonar una sexta menor o un arpegio de tercera menor, séptima mayor, segunda menor, había problemás.

Tenía una impresionante voz natural, pero mientras más alto y fuerte cantaba más tosco era el sonido de su voz. Esto venía acompañado de una errónea pronunciación de las vocales y las consonantes. Estaba enredada en su propio ser, sin saber como entonar bien esta melodía que era rica en textura y belleza.

Un día por la tarde entró Jennifer a su cuarto, con su flauta en los brazos y las partituras en las manos. Encontró a Adelina hundída en las líneas melódicas del aria que habían sido creada por su padre, líneas que ella quería interpretar, pero no tenía la técnica vocal correcta para poder hacerlo. Estaba preocupada sin saber qué hacer porque mientras más trataba, menos su aparato productor de la voz respondía. Jennifer la acarició amigablemente y le dijo,

> "Tengo una idea, pero antes quiero recordarte que no se nada de canto, a penas soplo mi flauta y leo la música. Creo que, si yo toco despacio esta melodía, nota por nota y tú la vas entononando una por una, te irás acercando cada vez más a la entonación correcta sin mucho esfuerzo."

"¡Buena idea!" exclamó Adelina.

Se despejaron de todo prejuicio y empezaron a ensayar despacito, nota por nota. Pasaron días muchos días, uno tras otros en el mismo lugar, no había cambios. Adelina, solo se aprendió las letras de memoria, pero cuando iba a cantar todo le salía artificial. Salía el sonido potente de su voz, pero no bien entonado y tanto ella como Jennifer lo sentían así, pero no sabían hacerlo mejor. Llegó el momento en que Jennifer le dijo que todo está bien resaltando sus dotes de cantante e interprete. Adelina quiso tomarse un descanso y salió, cerró la puerta del dormitorio donde vivian y se fue al parque a descansar. Pero su preocupación la seguía a todas partes sin poder hacer nada.

El instrumento, voz es el más difícil y complicado que tiene la orquesta, pero también es el más completo de todos. El piano, puede jugar con las armonías y como también pertenece a los instrumentos de percusión, es parte rítmica de la pieza musical, además puede emitir bellamente la melodía de cualquier estilo.

El bajo (contrabajo) es el sostén de la base armoníca, los cellos, las violas, los violines son los que adornan las armonías y las contra melodías van desarrollando los dististintos arpegios, haciendo de esto una amalgama de sonido que nos hacen suspirar, y viajar en el tiempo.

Pero faltan las letras, que ni el piano, ni el contrabajo, ni los instrumentos de vientos, por más sublimes que sean ejecutados, no las pueden lograr. Solo pueden hacer instrumentales, pero no llevan al oyente a un lugar específico. Aquí interviene el aparato productor de la voz, lo que se conoce como la voz humana. La voz humana puede hacer ritmos, distintos ritmos, puede ejecutar distintos estilos musicales de cercanos y lejanos países y de diferentes culturas que en el mundo existen.

El instrumento voz, es el único instrumento que se expande y se contrae en cada nota musical que requiera la melodía, acompañada por la pronunciación de las vocales y las consonantes. Por ejemplo, el piano, una vez que terminan de construirlo, le entonan todas sus cuerdas y con él en esas condiciónes, es posible tocar un concierto de dos o tres horas. El instrumento sigue emitiendo bellas notas musicales porque su entonoción no sufre ningún cambio hasta seis meses en adelante. Pero el intrumento voz, repito, es el único instrumento que se expande y se centra en cada nota musical que requiera la melodía, acompañada por la pronunciación de las letras de las canciónes.

Pero para que un cantante (sea hombre o mujer), pueda emitir el sonido voz casi perfecto tiene necesariamente que ir a la escuela y tener la suerte de que el maestro sea ducho en dicha materia. No se necesita ser rico o con precaria situación económica ni ser hijo del más poderoso o el más débil para cantar bien.

Cantar bien significa saber cual es la diferencia entre el aparato digestivo y el aparato respiratorio, porque es facíl confundirlos a la hora de inhalar y exhalar. Ese es el inconveniente grande que tiene Adelina, que teniendo gran talento musical y ser hija de una prominente abogada de los Estados Unidos, quien ha podído pagar las mejores escuelas de canto, no ha podido seguir la melodía correcta del aria que quiere interpretar.

El talento es una bendición divina que a alguno les toca poseer, pero hay que pulirlo. No se debe descansar solo en él, porque no se es completo. El talento lo da Dios, pero el hombre lo pule. Para lograr esta hazaña de cantar bien sin ir a la escuela se necesita ser un super, super humano y la humanidad carece de este tipo de humanos. Hay que ir a la escuela, entender el aparato productor de la voz y practicar, practicar mucho todos los días hasta perfeccionarse y dominar el aire que emana de adentro y sale logrando un sonido bello, con notas musicales, con letras de los distintos idiomás del mundo.

Llegó el momento de Adelina volver a ensayar con la orquesta. Unos se quedaban admirados por la interpretación que le hacia a esta aria, otros no sabían qué pasaba que no les llegaba a gustar. Eso es lo que pasa, cuando se canta artificialmente. Muchos no saben decir por qué no les gusta y otros tampoco saben por qué les gusta tal cantante. Hasta el viejo Pancho dijo "¡Esto está bien!" Sería porque quería salir de esto o por que ya estaba cansado de dar vueltas en el mismo lugar. Maurizio por su parte estaba sumamente preocupado, porque estaba en juego el prestigio de su escuela, pero tampoco sabía como remediar el problema, solo sabía que había desentonaciones en algunos portamentos del aria.

Adelina por su parte, aunque era joven y sin experiencia no se daba por vencida y pensaba, y pensaba, volvía y volvía intentar. No había cambio posible, pues no sabía cómo el aire no podía pasar a la resononancia alta o a la cóncava de la nariz sin obtener un sonido nasal y defectuoso. Trataba y trataba hasta que inconscientemente se dio por vencida y en tres días no cantó, ni siquiera intentó emitir el más leve sonido. Quedó en silencio por cinco días más y sólo hablaba lo importante y lo necesario para su comunicación diaria.

Faltaban solo tres semanas para la presentación y ella pensaba en la resignación de no cantar, hasta que ocurriera un milagro o que la pospusieran para más adelante. Maurizio y Adelina, se encontraron en el pasillo, Maurizio la saludó amablemente y le dio una palmadita de tranquilidad y le dijo,

"No te preocupes que todo va a salir bien. Tú tienes mucho talento, pero recuérdate que estás en la escuela todavía y aquí se viene a aprender y hasta los profesionales con experiencia tienen que seguir estudiando. Así es que tranquila."

Adelina le agradeció el consejo y sonriendo se despidieron. Maurizio tomó en dirección a la oficina porque Frank lo estaba esperando para un nuevo proyecto que Maurizio tenía en mente. Mientras Adelina se dirigía a su cuarto como siempre a hacer sus tareas, esta vez de matemáticas.

Frank y Maurizio, se encontraron en la oficina, se saludaron amigablemente. Aunque Maurizio, era un poco más locuaz que Frank, mantuvo con éste una conversación muy amena. Le explicó que tenía en mente agrandar y acomodar, un salón que tenía prácticamente sin uso para habilitarlo como sala de ensayo insonorisada para el uso de las orquestas universitarias y para crear las instalaciones de un estudio de grabación digital para el uso didáctico de monitoreo de los profesores, de modo que los estudiantes pudieran oir su propio sonido. Frank le hizo el estimado de unos ochenta mil dólares sin incluir las consolas de sonido, las bocinas y los gastos de instalación. Le pidió a Maurizio, que cuando estuviera aprobado el presupuesto le avisara con tiempo para poder venir con todos sus trabajadores y hacer la remodelación con calma, aunque solo le iba a tomar unas cinco semanas. Pronto, Maurizio consiguió el auspiciador y llamó a Frank inmediatamente, pero en la semana que Frank podía comenzar el trabajo, coincidía con la semana de la presentación musical.

Tuvieron muchas conversaciones sobre esto, Frank, tratando de acomodar el tiempo, le sugirió una idea y le dijo a Maurizio,

> "En la tarde de la presentación voy a parar los trabajos para que el ruido de las maquinas no los moleste."
> "¡Ah, eso está bien!" exclamó Maurizio, con cara de alegría, delante de su amigo que era impávido, iracundo y misterioso.

> "¡Ah, otra cosa!" siguió hablando Maurizio, "están invitados tú y tus muchachos a ver el espectatulo sin ningún inconveniente. Tú te vas a sentar conmigo en primera fila ¿Qué te parece?"

Frank, se acarició su barba blanca como siempre y como un gesto de aceptación dejó asomar una pequeña sonrisa en su cara lánguida.

Después de terminar la conversación y de llegar a un acuerdo, los dos amigos se despidieron y cada uno volvió a sus quehaceres. Poco a poco se fueron acercando los días del debut y los nervios entre los músicos y cantantes se iban incrementando. Era un corre por aquí y otro por allá, los nervios estaban de punta entre todos, menos en Adelina, que se paseaba tranquila por los pasillos con un sombrío desencanto y resignación en sus ojos. Cantar bien o cantar mal, esa era la mortificación de su cabeza. ¡Pero ¿Cómo cantar bien si faltaba algo en su sentido musical y en su aparato productor de la voz?

Entró Adelina bastante temprano al examen de matemáticas. Estuvo revisando sus tareas, cuando de repente empezaron a llegar lo demás alumnos. Empezó el examen y todos estaban en silencio sepulcral. El maestro estaba sentado en su escritorio organizando algunos papeles sin levantar la vista pues confiaba plenamente en capacidad de sus estudiantes. Al fondo del salón estaba Deborah, mirando alrededor tratando de ver si alguien levantaba la cabeza para hacerle señas y que entendiera que no se acordaba como desarrollar el teorema numero cinco, seis y que necesitaba ayuda lo más pronto posible. Pasaron alrededor de ocho minutos y ella estaba estancada sudando frío, pues se estaba acabando el tiempo y esos teoremás valían diez puntos cada uno.

Scarlett levantó la mirada y se encontró con la mirada de Deborah que   incesante y angustiosamente le hacía señas, que si sabía desarrollar el punto cinco y el seis. Scarlett le dejó saber con la mirada que sí los había concluido pero que estaba trabajando en el último de los problemas. Deborah le dejó saber que quería que le pasara un papel con los teoremas resueltos, pero Scarlett le dijo por señas, que no podía y que era muy peligroso.

Terminó el tiempo del examen y todos salieron extenuados del salón de clases y salieron al patio a respirar un poco de aire fresco. Scarlett iba caminando distraída hacia un banco del patio, cuando sintió un fuerte tirón de cabello que la dejó en el suelo en un segundo. Sintió de inmediato un puñetazo en su ojo derecho y aturdida reconoció la voz de Deborah que decía, "¡Hija de P@#% no me quisiste ayudar!" Le seguía propinando golpes tras golpes a la muchacha extrañada, sin saber como defenderse, solo se cubria con los brazos y ponía las piernas al aire, en defensa propia.

Muchos se acercaron a separar a Deborah de encima de Scarlett ya que la rabia le iba creciendo en cada golpe que daba y parecía que estaba fuera de sí. Deborah gritaba y gritaba obscenidades casi llegando a la locura. No reconocía a nungunos de sus compañeros que hacían lo imposible porque entrara en razón. Entre cuatro muchachos, pudieron desatar aquella madeja de golpes de puños, patadas y una que otra vez dejarse ver nalga, pantis a todo esplendor y a todo color.

Deborah, fue llevada a la oficina principal donde le esperaba Maurizio Pantaleone con cara de pocos amigos. La sentaron frente a su escritorio, le dieron un poco de agua para que se calmara y así pudiera relatar su versión de los hechos. Se le hicieron varias preguntas. Maurizio, en el transcurso del incidente, estuvo investigando los pormenores y se había enterado de que Deborah quería copiar a Scarlett y ella se rehusó lo cual desató la rabia de Deborah.

Mientras estuvo sentada frente a Maurizio se mantuvo callada y con la cabeza agachada como dando muestra de vergüenza y arrepentimiento.

"¡Mírame a los ojos Deborah!" exclamó Maurizio, con firmeza. "¿Por qué me haces esto?!"

Preguntó un poco frustrado. La muchacha le contesta, como todo buen adolecente con un alza de hombro y dejándolo caer, sin un dejo de preocupación y como diciendo 'iQue me importa!' Maurizio fue a su computadora y redactó un memorándum suspendiéndola por quince días hasta que se investigue el caso a fondo.

Llevaron a Scarlett a enfermería para revisión de rutina, pero hubo que llamar la ambulancia pues tenía un hematoma muy pronunciado debajo del ojo derecho. Todo fue conmoción y confusión en todo el plantel ese día. Nadie dejaba de hablar del caso y de comentar lo que sucedió.

Adelina y Jennifer, se encerraron en su cuarto sin dar crédito a lo que había pasado. El asunto no fue con ellas, pero pudo haber sido. Estaban nerviosas y muy extenuadas para ponerse a estudiar. Por el día tan largo que le había tocado vivir, decidieron no hacer nada por el resto de la tarde. Se dispusieron a tomar un té bien caliente y hablar de cualquier cosa, menos de algo que merezca concentración.

Entre conversación y conversación fue cayendo la noche y las dos muchachas se disponían a ir a dormir cuando alguien tocó a su puerta. Una a la otra se miraron y en silencio se preguntaron "¿Quién será?" En silencio, se contestaron "¡No sé!" Adelina, abrió la puerta con cuidado. Era un compañero de clases que estuvo en el examen de matemáticas de la mañana y quería saber si el teorema numero cinco que él había desarrollado estaba bien. Adelina, lo miró de arriba abajo y plantó una mirada burlona en los ojos del muchacho quien comprendió y dijo, "¡Lo siento! y se fue."

10

Tranquilo y hermoso, llegó el domingo de la presentación. Era muy temprano en la mañana cuando Adelina despertó, pero aún con los ojos cerrados recordó que algunos días atrás había sentido el sistema respiratorio natural del ser humano. Empezó a inhalar poco a poco por la nariz, dejando un hilo de aire bajar por todo el cuerpo. Logró que la raíz de la lengua se separara de la faringe, como si fuese a vomitar, pero aguantó las ganas, sintió que todo el pecho se le iba ensanchando. Un bienestar inmenso la hizo imaginar que podía emitir la nota A3, pero solo lo hizo en silencio. Imaginariamente siguió hasta la B3, alcanzando la C4, bajando y subiendo una y otra vez, dejando el pecho espandido y cada vez dejando que fluyera más aire, en su aparato productor de la voz.

Todavía no había abierto los ojos ni tampoco se había movido de lugar, solo permanecía recta boca arriba, con una concentración inmensa, nueva y agradable. Así se mantuvo por varios minutos cuando decidió emitir muy suavemente la nota A3, acompañada de la vocal I, dejándola que resonara en las fosas nasales, la faringe completamente relajada, para que las cilis vibrátiles hicieran su trabajo.

Siguió con la B3, pero más sonora y luego la C4, en el mismo lugar, luego emitió la D4 y la E4 y la F4 aquí se sorprendió por que todavía tenía mucho aire para seguir soportando la G4. Cuando llegó a la A4, tenía la mitad del soporte. Se quedó aumentando y disminuyendo esa nota por algunos segundos, cuando empezó a dar todo el volumen de su potente voz. Jennifer que aún dormía al lado de ella gritó,

"¡Cállate! ¡Me despertaste! ¡¡¡Estaba soñando con él y tú me despiertas, no es justo!!!"

"¿Con quién estaba soñando señorita?" Preguntó exaltada Adelina.

Jennifer volvió a cerrar los ojos como si pudiera volver al camino que le llevaría a ese sueño maravilloso que fue interrumpido por la voz de Adelina, quien a esa hora de la mañana le dio por vocalizar.

Pero no pasó mucho tiempo en que Jennifer se diera por vencida buscando el sueño que por un momento disfrutó, pero que no volvió más. En silencio, se incorporó de la cama y no miró a Adelina, quien la miraba graciosamente. Jennifer entró al baño dejando la puerta abierta y empezó a bañarse calladamente. Adelina, acomodó su hombro derecho en el canto de la puerta y pícaramente le preguntó.

"¿Ah, con que enamorada, ¿eh? ¿No habías dicho nada? ¡Te lo tenías callado!" insistió Adelina, recostada del canto de la puerta del baño. La curiosidad la mataba.

Jennifer asomó la cara por el lado de la cortina y con cara de pocos amigos dijo:

"¡Ese mal parido ni me pela! Me paso ratos y ratos mirándolo y no se digna de alzar la vista para ver donde yo estoy."

"De quién tú hablas mujer?"

"Del tal Aidian, el irlandés que está en el otro curso" y sonrió.

"¡Ah!" exclamó Adelina, "el buenmozo irlandés. Que pasa solo y no saluda a nadie, que se cree que por ser bonito nos va a tener a todas a sus pies. No me digas que estás soñando con ese marica, si parece un hijo de mamá. Será mejor que busques por otro lado porque andan diciendo que nosotras no somos de su preferencia.

"¡No me digas eso, amiga mía! Yo que he puesto mis ojos y mis ilusiones en él. Desde hoy voy a averiguar."

"Bueno mi amiga," dijo Adelina, "buena suerte, pero según lo que he oído ahí no hay nada para nosotras. ¡Pero qué macho! ¡Qué bello! ¡Qué guapo ese hombre!" Suspiró Adelina. Jennifer terminó de asearse y dijo,

"A propósito, ¿de dónde vino ese sonido que me despertó?"

"Déjame cepillarme la boca y bañarme que tengo algo nuevo que contarte."

"¡Estoy contenta, que contenta, super contenta!"

Adelina, se fue al baño y después de 15 minutos regresó donde Jennifer la esperaba para hacer el desayuno.

"Voy a preparar huevos fritos, espinacas en sus hojas, dos rebanadas de tomates, pan y jugo de naranja. ¿Te parece bien Adelina?"

"Buenisimo, pero tú me vas a esplicar qué pasó."

Adelina, se sentó en un silla de la cocina, aún con la toalla del baño puesta sea que andaba casi desnuda.

"Mira, lo primero es," dijo Adelina, "hacer relajar todo el cuerpo." En eso se paró de la silla y la susodicha toalla calló al suelo y fue motivo de algarbía, porque aquella belleza de mujer quedó al desnudo en todo su esplendor. Pero Jennifer no reparó en eso, sino en la toalla caída y empezaron a reír. Después que se cansaron de

reír, Adelina, se puso una bata azul muy comoda
y empezó a explicarle a Jennifer su logro con su
nueva voz.

"Como te decía, lo primero hay que relajar
todo el cuerpo, levantar los brazos sin
extresarlos, nada que llegue a su limite. Al
levantar los brazos, los pulmones se
espanden y dejan bajar y subir el aire con
autentica naturalidad. La raiz de la lengua
se relaja, a modo de que el aire que viene
desde abajo pueda pasar por la glotis con
la mayor libertad hacia el paladar a donde
va a encontrar la resonancia alta. Estos
tendones o musculos no deben bajo
ninguna circuntancia, ponerse tensos."

"Cuando la respiración están
perfectamente coordinada, entonces se le
puede agregar las notas musicales,
acompañadas de las vocales y las
consonantes, formando frases y oraciones
que serán entendibles para el público y
así, el aparato vocal va dar su maximo
volumen."

"Toda esa teoría me parece formidable, pero llevarlo a la practica es otra cosa" dijo Jennifer.

"¡No mi hermana, no. Lo bello de todo es que llevarlo a la practica es lo más fácil del mundo. Pon atención."

Adelina dejó caer la caja torácica ensanchó las fosas nasales, relajó la laringe, la garganta y cantó para su amiga la nota A3, como jamás lo había hecho en su vida. Fue en *crescendo* y luego en *disminuyendo* en perfecta entonación. Sostuvo la voz por varios segundos haciendo el vibrato con exelente control hasta el último hálito que le quedó.

Jennifer no lo podía creer, estaba en frente de un fenomeno vocal desconocido para ella.

"¿Asi mismo puedes hacer la escala de La Mayor?"

"¡Sí!" asuguró Adelina y empezó **"A – B – C♯ – D – E – F♯ – G♯ – A."**

Subía y bajaba en perfecta entonación otra vez. Jennifer abrió los ojos y se mezcló con ella en un fuerte abrazo.

"¿Vas a cantar esta tarde a así?"

"Me lo imagino" dijo Adelina con los ojos llenitos de lágramás.

"¡Sí! así va," dijo Adelina. "No veo la hora de subir al escenario y oír los primeros acordes, luego respirar profundo y dejar salir toda esta voz que he estado escuchando desde pequeña en mi mente y que no es hasta ahora la entiendo."

"Vamos a desayunar y luego a probarnos los vestidos. Estoy loca por ponerme el vestido azul que me regaló mamá."

"¡A propósito! Mamá, llega al medio día hoy" dijo Adelina.

"Y mi mamá también!" dijo Jennifer. "Debemos estar preparadas."

Llegó el día más esperado por todos. Era un correr por aquí, un correr por allá. Todos arreglando sus cosas para cuando el reloj marque la tres de la tarde. Gracias a Dios que Maurizio pudo contratar a última hora, al afamado director de orquesta y compositor Sheo Montilla para que se encargara de conducir la orquesta y con el Viejo Pancho al piano. Dicho sea de paso, el Viejo Pancho era el encargado de abrir el acto con la presentación de Adelina. Maurizio estaba tranquilo porque podía encargarse de otros asuntos de vital importancia, como el orden de las cosas.

Frank y sus muchachos para el mediodía habían parado toda actividad. Todos se habían ido a sus respectivas casas, incluyendo a Frank, para regresar cerca de las tres de la tarde y disfrutar de un domingo musical que se dislumbraba ameno e inolvidable. Después del medio día los estacionamientos de la universidad comenzaban a verse cada vez más densos. Desde todas partes del mundo, en especial de los Estados Unidos de América, los padres de los estudiantes se acercaban al recinto, unos nerviosos y otros sumamente orgullosos de sus hijos. Como la Dra. Karen Kazán, mamá de Adelina, quien vino en un carro del año y

ataviada con un vestido de alta costura muy
segura del talento de su hija.

A las dos y media de la tarde de ese
domingo, en fila y bien organizado, el público
comenzó a llenar las butacas una por una. En el
escenario solo se veía una gran cortina azúl
nueva y limpia. Se oían los distintos sonidos de
los instrumentos que los músicos discretamente
entonaban con el piano. Maurizio que caminaba
de arriba para abajo dando los últimos toques,
estaba un poco preocupado porque ya era hora
de que el Viejo Pancho estuviera en el teatro y no
lo había visto por ningún lado.

A las muchachas y a los muchachos en los
camerinos tenían que mandarlos a bajar la voz
porque todos estaban histéricos y hablaban muy
alto, casi gritaban, no se podían entender uno
con el otro.

Todo era puro nervios, pero más nervioso
estaba Maurizio que no sabía nada del Viejo
Pancho cinco minutos antes de las tres de la
tarde. En un momento Maurizio, decidió posponer
la presentación de Adelina, que era la apertura
del evento, hasta que apareciera el Viejo Pancho,

pero que no iba a detener el espectáculo. Así se lo hizo saber a los maestros de ceremonia, para que le dejara saber al público de manera elegante de esta situación.

Poco antes de las tres de la tarde le sonó el teléfono móvil a Maurizio, era una enfermera de un hospital cercano para reportar un accidente de transito, donde el Señor Francisco (Pancho) Fernández estaba involucrado y estaba en serias complicaciones. Pálido Maurizio, alzó la cabeza hacia Adelina, que ya estaba preocupada por la demora de su pianista, entendió que algo no agradable estaba pasando. Maurizio, con voz entre cortada le respondió a la enfermera,

"¡Gracias, señorita, gracias!"

¡Llamó al maestro de ceremonia y le indicó que anunciara el nuevo plan o sea que Adelina, no iba a abrir el acto que la dejarían para luego!

Maurizio, bajó y se sentó al lado de Frank, en la primera fila y faltando un minuto para que las cortinas se abrieran. Maurizio le comentó a Frank lo que estaba sucediendo. Frank irguió su cabeza como nunca, mientras Adelina, en el camerino mordía el llanto. Las cortinas lentamente empezaron a abrirse y apareció la figura imponente de un piano de cola negro en el mismo centro del escenario. El maestro de ceremonia, Joshua Alava se asomó al público el cual lo recibió con un fuerte aplauso de bienvenida. Él, sonriente, dio las buenas tardes y dejó saber lo honrado que estaba de que lo eligieran para acompañarlos por toda la tarde. Presentó a Sofía, una italiana que cursaba inglés como segunda lengua y que iba a ser su compañera en esta jornada. El público la esperó de pie victoriándola como a una reina.

Ella saludó nerviosamente y les dijo,

> "Damás y caballeros, hoy tenemos la alegría de hacer este pequeño homenaje a un gran pianista y músico, que desde hace veinte y tantos años no está con nosotros, pero su música siempre estará presente, en cada estudiante y en cada profesor de esta escuela, y de la mayoría de las escuelas de música del mundo."

Como pueden ver en el programa, todas las piezas musicales fueron compuestas por nuestro admirado y homenajeado maestro Kiryco Kazan. Está con nosotros su esposa la Dra. Karen Kazan, ella se puso de pie y saludó al público que la aplaudía. También esta con nosotros su hija Adelina Kazan.

Adelina salió del camerino por un momento al escenario y la gente la recibió cariñosamente.

"Hoy," dijo Sofía, "tengo la difícil tarea de informarles, que por razones no manejables tenemos que modificar el programa, por lo que la actuación de la señorita Adelina Kazan, se pospondrá para más tarde o para otra ocasión."

El público empezó a murmurar indistintivamente. La Dra. Karen Kazan, que estaba sentada en a tercera fila del ala derecha de teatro imediatamente se llevó las manos a la boca muy sorprendida, pero pudo ver que, desde la primera fila de la izquierda, la figura de un hombre se levantó de su asiento, resuelto y gallardo, muy conocido por todos los estudiantes, pero no por los padres de los estudiantes. Era Frank, quien como siempre se acarició su barba larga y blanca, encaminó sus pasos hacia el esenario, llegó hasta el piano y con gesto altamente profesional saludó al público, al maestro Sheo Montilla. Saludó a los maestros de ceremonia, quienes no daban crédito a lo que sus ojos miraban, estaban atónitos. Se acomodó en la silla del piano y empezó a tocar la introducción del aria que Adelina, iría a cantar.

Cuando volaron por el aire las primeras notas del piano, también voló la prótesis dental de Maurizio. Cuando oyó aquello tan bello, tan sublime, fue tan grande el susto que no supo donde cayeron sus dientes postizos. Algunos, en el nerviosismo lo ayudaron a buscar, hasta que la encontraron debajo de la escalera del escenario. Ya para ese entonces, todos los músicos estaban en sus puestos porque se había cambiado de planes. Jennifer, que estaba sentada en el escenario junto con los demás músicos fue al camerino y buscó a su amiga Adelina, la asomó al frente y le dijo,

"¡Mira a tu salvador otra vez!"

Frank, lentamente fue deteniendo las notas musicales hasta que hubo silencio. Con una sonrísa, limpia y clara miró a Sofía y le dijo,

"¡Puedes traerla!" y volteando la cabeza hacia su izquierda, se encontró con los ojos mojados de llanto de Adelina y con un gesto bondadoso le dijo,

"¡Sí! Ven a cantar."

Sofía, completamente sonrojada se dirigió al público y dijo,

> "Damás y caballeros, damos inicio a esta jornada musical en honor al gran músico y compositor Kiryco Kazan, quien compuso todas las piezas musicales de este concierto."

Joshua Alava, el maestro de ceremonia agregó,

> "Como hemos dicho antes, aunque este gran músico y maestro ya no está con nosotros nos ha dejado un gran legado a través de su música. Es un gran honor para Sofía y para mi presentarle a la primogénita del maestro Kazan, con el

aria "*Grazie mio Dio*". En el piano, Frank
Martinez."

Adelina puso su mejor cara cuando entró
al centro del escenario. Se colocó junto al
imponente piano de cola negro. Ella
bellísimamente vestida de azul y blanco. En el
piano estaba Frank, que la miraba con cordial
sonrisa. Se pusieron de acuerdo con las miradas
y en cuanto él emitió las primeras notas de la
introducción, copioso aplauso llegó del público
que la esperaba. Ella bajó la cabeza un momento
y dejó que sus pulmones se llenaran de aire,
desplomó su cuerpo, en su mente registró la
secuencia de las notas o el primer fraseo, cuando
física y mentalmente todo estaba en en orden
abrió la boca, y empezó a cantar como si fuera
una cantante experimentada. Aquella voz era
inigualable, casi perfecta. El público se lo
recompensó con un aplauso más efusivo que el
anterior, el cual ella aceptó humildemente con
una sonrisa.

El final del aria era un solo de voz que iba
a terminar con un Eb^6 agudo. Todos los
estudiantes los sabían y estaban esperando

sentados al borde de las butacas, nerviosos, unos con los dedos en los dientes, otros no sabían que hacer con las manos. Adelina, en el momento de la culminación no perdió la calma, solo tomó más aire, desplomó el cuerpo, abrió la boca y con una sola nota repetida "*Grazie mio Dio*" poniéndole expresión, dinamismo, aumentando y disminuyendo cuando le fue preciso apoyada por Frank que continuamente la sostenía con los acordes y el ritmo hasta el final el cual, nada más y nada menos, fue apoteósico.

Todos aplaudieron, unos gritaron, otros lloraron, fue una emoción inolvidable. El Maestro Sheo Montilla le hizo señas a Frank que si podía seguir tocando el piano para las otras piezas y él con una amable sonrisa aceptó.

Empezó el desarrollo del evento con la orquesta, pero esta vez acompañado del piano que le daba un extraño colorido a las obras, que no era para mal, porque el maestro Sheo estaba de pláceme con el sonido y la ejecución de Frank.

De la felicidad, Maurizio no cabía en el teatro. Era un éxito rotundo todo lo que se tocaba, tanto con la orquesta o con el coro, en el

cual Adelina, tomaba parte como la voz principal.
Fue una tarde maravillosa para todas y todos,
hasta que llegó el final. Todos los actores y
cantantes hicieron una sola línea y todos
tomados de la mano le hicieron reverencia al
público y la cortina se fue cerrando lentamente,
mientras se oígan gritos de nervios y alegría
cuando corrían hacia el camerino.

Todo en el teatro era júbilo y alegría.
Algunos se fueron, otros se quedaron para
saludar a los músicos, especialmente a Frank,
quien fue la sorpresa de la tarde. Desde Maurizio,
hasta el último estudiante de *Namansa
Universidad de la Música* quedaron anonadados
con la aparición de Frank como pianista. Nadie se
lo imaginó porque nunca dio muestra de ello
hasta ahora. Adelina y Jennifer no se quitaban de
su lado mientras los demás esperaban la larga
fila que se hizo para saludarlo.

Maurizio Pantaleone no encontraba que
decir ni que hacer. Andaba para arriba y para
abajo acotejando a los que se quedaron en el
teatro, procurando que todo estuviera en orden.
En un momento pasó cerca de Frank y le dijo,

"¡Tenemos que hablar!"

Frank lo miró, sonrió un poquito, se pasó la mano por su barba blanca y larga, y siguió saludando a los estudiantes que admirados se le acercaban.

Dentro del grupo de padres y estudiantes que esperaban saludarlo, estaba la Dra. Karen Kazan. Adelina, fue con los brazos abiertos a encontrarse con su madre para por fin presentarle a Frank. Como siempre Jennifer, la acompañó, abriéndose paso entre las personas que involuntariamente no les permitían el paso.

"¡Mami vamos! ¡te voy a presentar al señor Frank de quien te he hablado tanto!" le dijo Adelina a Karen.

Las tres se tomaron de la mano y llegaron hasta donde estaba el grupo de padres y estudiantes rodeando a Frank e invadiéndolo con miles de preguntas.

Karen llegó hasta él lo miró a los ojos y un frío en los huesos le paralizó los sentidos. Adelina, muy entusiasmada dijo,

"¡Mami, él es Frank Martinez!" Él tímidamente sonrió y dijo, "¡Es un placer señora"!

"¡Señor Martinez, usted *NO* es Frank Martinez!" exclamó la Dra. Kazan, a toda boca.

"¿¡Mamá, ¿¡qué dices!?" gritó Adelina, entre exclamación y pregunta.
"De qué estás hablando, ¿mamá?" volvió a gritar Adelina, sin saber qué estaba pasando.

"Usted no es quien dice ser, soy abogada y ahora jurídicamente se lo puedo comprobar" siguió Karen histérica gritando.

"¿Perdón señora, de qué está usted hablando?" preguntó Frank, un poco nervioso.

El grupo de personas a su alrededor solo ponían atención a lo que ella decía, incluyendo a Maurizio y al padre Gus, que estaban a su lado.

"Usted es Kiryco Kazan!" gritó nuevamente Karen.

Del susto a Maurizio, se le salió otra vez la plancha de los dientes de arriba y el Padre Gus sacó un pañuelo blanco para recogerla del suelo antes de que alguien la pisara y no sirviera para nada. Hubo silencio, todos se miraban, unos con otros, más que asombrados de tal aseveración.

"¡Kiryco Kazan!" gritó Adelina. "Entónces, entonces..." tartamudeó Adelina, tapándose la boca, Entónces volvió a preguntar,

"¿Eres mi papá?"

Todos se quedaron con la boca abierta y con la cara de espanto. Maurizio, tuvo que ponerse las dos manos en la boca para que la plancha de los dientes no se le volviera a caer, pero no salía del asombro.

En ese momento y en ese lugar, todos a la misma vez sentían frío y calor, pero nadie se atrevía a agregar algo más o hacer preguntas, aunque las preguntas saltaran por las cabezas de cada una de las personas que estaban allí. Hubo silencio, cuando Frank, se dio la vuelta hacia el piano y metió su mano izquierda en el bolsillo izquierdo de su pantalón y sacó una por una sus credenciales, tales como licencia de conducir, sus licencias que lo acreditaban para su trabajo y en todas, aparecia el nombre de Frank Martinez, con su foto.

Lentamente las recogió y las volvió a poner en su bolsillo izquierdo de su pantalón, se dio la vuelta, los miró a todos y dijo,

"Esto ha sido un malentendido, con su permiso me retiro."

Se acarició como siempre su barba larga y blanca y empezó a caminar hasta la salida del teatro. Los trabajadores que lo seguían iban en silencio detrás de él. Al llegar a la puerta les dijo,

"Muchachos aquí no ha pasado nada, nos vemos mañana a la misma hora."

Adentro solo se oía un gran murmullo y una gran confusión reinaba por todo el recinto. Adelina, no hacia otra cosa que llorar, porque le había impactado los acontecimientos de esa tarde, tanto musical como emocionalmente. Karen, caminaba dando vueltas como loca y diciendo en voz baja "Sí, es él, yo lo sé, es él. Sí, es él, yo lo sé, es él Sí, es él, yo lo sé, es él. Sí, es él, yo lo sé, es él."

Adelina y Jennifer no encontraban forma de detener su frenesí porque Karen seguía insistiendo en lo mismo, en lo mismo. El padre Gus le trajo un vaso de agua y una silla a Karen y la acomodó y le dijo,

> "Calma hija vamos a hablar, calma, toma un poco de agua y respira, después hablaremos de lo que sientes o de tu confusión."

Ella, poco a poco se tomó el agua y respiró profundo, y dijo,

> "En verdad que ese señor se parece mucho a mi esposo Kiryco."

> "Pero tu esposo hace más de veinte años que desapareció sin dejar rastros y este señor como tú dices tiene trabajando en este condado por más de veinte años como carpintero y en la construcción y hasta ahora que yo sepa, no es casado."

"Pero usted vió como tocó el piano" dijo Karen, "mi esposo lo tocaba igual y ahí está mi confusión."

"Sí, entiendo" dijo el padre Gus, "pero eso no significa que todos los que tocan el piano son exesposos suyos, no es así Karen."

Ella hizo una mueca de llanto y volvió a decir, "es que parecen gemelos, son flacos, son de la misma estatura, hasta en el modo de mirar se parecen, solo la barba lo diferencia a uno del otro."

En eso Maurizio, se unió a la conversación y dijo,

"Sra. Karen, aquí hay un grave error porque yo tengo trabajando con Frank, muchos, muchos años y creo que en su pasado no hay absolutamente nada de casamiento ni que tenga hijos tampoco."

"¡Que susto me diste mamá!" exclamó Adelina cuando venía acercándose con Jennifer, donde estaban Karen, el padre Gus y Maurizio.

"Yo que quería que tú y Frank fuesen amigos porque él le cae bien a todo el que lo conoce. Es muy señorial, además es muy educado, trabajador e inteligente. Ahora lo admiro más porque no sabía que él tocaba el piano de esa manera, nunca se supo que él también era músico."

Maurizio agradeció a los maestros de ceremonia por su labor prestada y les dio las gracias a todos, pero no sin antes recordarles que mañana lunes los veía en clases otra vez.

11

Habia caído la tarde del domingo en Caribou. La ciudad más al Norte de los Estados Unidos de América y Adelina se sentía más tranquila ya que había despertado de una reparadora siesta después de tantos ajetreos y tensiones. Fue entonces cuando Adelina dijo,

"¡Mamá tengo hambre!"

Karen, que se había sentado en la silla del escritorio donde las muchachas hacían sus tareas, no había dormido casi nada porque en su mente no había cabída para otra cosa que no fuese lo que pasó esa tarde en el teatro.

"¡No puede ser, no puede ser! Es él" repetía y repetía en su mente. La asaltaban unas preguntas recurrentes, "¿cómo llegó hasta aquí?, ¿cómo había logrado ocultarse tanto tiempo a simple vista? ¿cómo es posible que viva entre la gente y nadie se dé cuenta que no es quien dice ser? ¿O acaso soy yo quien está errada y esa no es la persona la que yo digo?"

En eso Adelina, repitió nuevamente,

"¡Mamá, tengo hambre!"

Madre e hija se miraron y Karen dijo,

"Hasta yo tengo hambre y ganas de
darme un buen baño con agua caliente
porque hoy ha sido un día de muchas
emociones y estoy muy cansada."

Mientras se bañaba, Adelina invita a
Jennifer a que las acompañara al Sole di Italia.

"Disculpame," dijo Jennifer. "No podré
acompañarlas porque mis padres me
recogerán un poco más tarde para salir a
comer a un restaurante de comida
francesa. ¿Podrían ustedes venir con
nosotros?"

"Lo siento, pero mamá está antojada de
comida italiana."

"De acuerdo," dijo Jennifer. "Nos veremos
luego."

Parecía que el pueblo también dormía
pues las calles estaban solitarias. Había poco
movimiento. Frank le había dado a Caronte el

paseo vespertino del domingo. Fueron caminando por las calles vacías del pueblo hasta llegar al parque donde él se sentaba en un banco y Caronte daba rienda suelta a sus patas a toda su energía jugando y corriendo al máximo. Frank, sentado solo en el banco, pensaba en la confusión que hubo esa tarde a la que no le dio mucha importancia. Terminaron la caminata ley regresaron a su casa. Caronte, su perro fiel estaba feliz y movía la cola con alegría. Al llegar, Frank se puso tenis blancos, jeans azules y una camisa blanca manga larga. Aunque era una persona de unos cincuenta años, esa vestimenta lo hacía verse más juvenil.

El taxista pasó a recoger a Karen y a Adelina y se dirigió al restaurante italiano. Cuando ellas llegaron, entraron y pidieron una mesa para dos personas, pero había disponibilidad solo para cuatro personas y aceptaron sentarse al fondo del restaurante, debajo de una tenue luz, apartados de todos los demás. Karen se sentó dándole el frente a la puerta de entrada y Adelina frente a ella. La mesa era de tipo rectagular de esas que tienen uno de los lados que pegaba a la pared de cristal

y de donde se podía mirar afuera y donde nadie
podía sentarse. Los dos lados más largos uno al
frente del otro en los que cabian dos personas en
cada lado y el otro lado pequeño quedando para
sentarse porque da al pasillo. A Laura, la rubia
despampanante, le tocó trabajar ese día. Se
acercó a la mesa a ofrecer sus servicios. Karen,
pidió una botella de vino tinto italiano que Laura
le recomendó y Adelina pidió limonada con
mucho hielo. Bebieron, hablaron todo lo que
quisieron y hasta de más. Adelina pidió más
limonada. Karen se iba a servir un poco más de
vino cuando de repente alzó la vista hacia la
puerta y vió entrar una figura que había visto
antes y que pudo reconocer al momento. Era
Frank que llegaba a cenar al restaurante como
casi todos los domingos. Miró a su alrededor
buscando donde sentarse. Laura le salió al paso y
le dijo,

> "Buenas noches, querido Frank, ¿cómo
> estás hoy?"

"¡Muy bien, muy bien!" contesta él,
acariciándose las barbas largas y blancas.

Desde la mesa del fondo se oyó la voz de Karen que le dijo suavemente a Adelina,

"¡Míra quien acaba de llegar!" Adelina, que estaba de espaldas a la puerta, se da la vuelta y mira a Frank. Sale de su asiento, va a su encuentro y se saludan amistosamente. Adelina le pide a Frank que se siente con ellas para charlar un poco. Él vuelve a acariciarse las barbas largas, blancas y asintiendo con la cabeza, empezaron a caminar hacia la mesa donde la mirada fija de Karen no se perdía ni un solo detalle de él. Frank, muy señorialmente saludó a Karen y se sentó a sul lado. Hubo silencio hasta que Laura lo cortó con su voz cuando preguntó,

"¿Que vas a tomar Frank?"

Karen se apresuró a decir,

"¿Quisiera que compartiera el vino conmigo, Sr. Frank, si es posible?"

Él movió su cabeza con un gesto de afirmación y Laura trajo una copa más. Frank brindó por la salud de ellas y ellas brindaron por la salud de él.

Adelina, fue la primera en poner la conversación. Recordó en las circunstancias en que conoció a Frank y luego fue contando entre risas como lo iba conociendo cada vez más hasta llegar a cuando él la rescató por tercera vez de un apuro que esta vez fue musical.

"Me quedé fría cuando vi tu mano que me decía, 'Ven, puedes salir a cantar'" le confesó Adelina a Frank, con gran admiración. "No sabía que tocabas el piano."

Él le sonrió un poquito, pero no dijo nada porque Adelina casi no daba oportunidad para que nadie más hablára.

"Yo," siguió hablando Adelina, "ni siquiera sospechaba que tú tocabas algún instrumento musical, mucho menos el piano y de que manera. Yo, siempre te vi haciendo cosas de carpintería y de construcción, pero nunca te vi como músico. ¡Tenías ese secreto bien guardado!"

Él solo sonreía un poco, quizás por temor a hablar o por la timidez que lo caracterizaba. Al ver la Dra. Karen que él siempre se quedaba en silencio le preguntó,

"¿Don Frank, usted habla?"

Él lentamente volteó su cabeza hacia la derecha y sonriendo un poco le dijo,

"Sí, señora ¿Por qué?"

Adelina interrumpió diciendo, "él es siempre así mamá, él es muy poco conversador, pero tiene el alma noble y es una excelente persona."

La Dra. Karen dijo, "En eso no se parece a mi exesposo que hablába mucho, pero en lo físico sí se sigue pareciendo bastante."

Él se volteó a la derecha una vez más, la miró a los ojos, le sonrió de nuevo. Ella en ese instante cambia de color, parece reconocer esa expresión en la mirada. Todo su interior se estremece. Siente su boca seca. Alcanza nerviosamente con la mano derecha la copa de

vino y se la lleva a los labios y toma un largo
sorbo y dijo,

"¡Quiero decir algo desde lo más profundo
de mi alma! Don Frank, en esta ocasión,
me ha inspirado confianza para decir lo
que voy a decir delante de usted y de mi
hija aquí presente. Sea o no sea usted la
persona que fue mi esposo hace más de
veinte años, yo quiero decir, que me
siento completamente arrepentida de
aquel momento en que provoqué que mi
esposo me abandonara con mi niña
todavía en su cuna. Aquella noche fue
negra para mí y es negra todavía en mi
vida y en la vida de él también."

"¿De que hablas mamá?" preguntó Adelina
mientras Frank guardaba silencio.

"Quiero desahogarme," recalcó la Dra.
Karen, con lagrimás en los ojos, "porque
me nace del alma y este vino empuja las
palabras de mi boca, para decir cuanto he
sufrido desde aquel entonces."

"Pido perdón a Dios, pido perdón a mi
esposo, te pido perdón ti, hija, a todos los
que fueron involucrados en ese grave
error que cometí en mi juventud y que,
hasta hoy, vestido de sufrimiento, he
arrastrado conmigo día a día. He vivido
con esta angustia por mucho tiempo, sin
saber como sacarla de adentro. Por eso
vuelvo a pedir perdón, de corazón a
todos, especialmente a ti Adelina. Te digo,
que reconozco mi error, que me dejé
llevar por un encantamiento falso y fugaz
por el cual hasta hoy estoy pagando muy
caro, porque desde ese momento no he
vuelto a ser feliz."

Todas las miradas estaban fijas en los
ojos llorosos de Karen. Se podía comprobar que
en verdad estaba sufriendo, pero nadie decía
nada. Frank, agachó la cabeza hacia el vino y se
sumió tan profundamente en sus pensamientos,
que pareciendo haber perdido el sentido, recordó
por enésima vez en su vida, en unos pocos
segundos como una película cada detalle de lo
que le había acontecido hacía alrededor de veinte
años. Se vio meditando tras las ventanas del

Hotel Sacher Wien en Austria mientras caía la
nieve, cuando Roberto Pérez su mánager de toda
la vida, tocó a la puerta de su habitación y le
dijo,

> "A causa de la nieve, habrá que esperar
> quince días para el concierto. Predicen un
> acumulado de más de veinte pulgadas. El
> concierto iba a ser en la Casa de Mozart
> en el mismísimo corazón de Viena."

> "¿Tenemos que esperar quince días?"
preguntó Frank con asombro.

> "Sí, confirmó Roberto"

> "Mientras tanto, me voy a casa a ver a mi
> hija y a mi esposa. Me llamas para
> cualquier cosa. Prepárame los vuelos que
> salgo esta misma noche para los Estados
> Unidos."

Recordó, que llegando al aereopuerto de
Newark fue a una tienda a comprar un ramo de
rosas rojas para su mujer, quien no sabía nada
del viaje y él quería darle una sorpresa con su
presencia y un ramo de rosas rojas. Recordó
también, que le compró un peluche rosado a su

hija y se imaginaba que ella lo iba a ver al otro día cuando despertara, porque ya serían pasadas las once de la noche para cuando él llegara a la casa. Salió del aereopuerto y no lo reconoció nadie. Tomó un taxi hasta el lugar que es pueblo y ciudad de Union City, New Jersey. Quiso que el taxista se detuviera unos pocos metros antes de la casa, pues no quería que ni de casualidad su esposa estuviera en la ventana lo viera llegar y rompiera su sorpresa.

Silencioso, abrió la puerta del frente con sus llaves. Sigilosamente fue poniendo sus valijas en el piso y empezó a subir las escaleras que lo llevaban al segundo piso donde estaba su cuarto, al lado del cuarto de la niña. Al tercer escalón, su agudísimo oído escuchó un sonido peculiar y conocido. Era el quejido de una pareja haciendo el amor. Él se detuvo en el último escalón y los quejidos eran cada vez más fuertes. Por un momento pensó que su señora, había contratado una muchacha para cuidar la niña ese fin de semana y que la muchacha había traído su novio a su casa y a su habitación.

La puerta de su habitación estaba entreabierta por lo cual los quejidos salían más explícitos. No había dudas que eran un hombre y una mujer haciendo el amor desenfrenadamente. Fue acercándose a la puerta para ver quienes eran. Con mucho cuidado abrió más la puerta y pudo entrar, con el ramo de flores en la mano derecha y el peluche en la mano izquierda. Miró alrededor y vió la pareja, quejándose uno más que otro. Al lado de la cama bullosa estaba su hija de apenas un año dormida sin enterarse de nada.

Todo esto ocurrió en menos de treinta segundos, pero en su mente fue una eternidad. Logró entre las sabanas conectar la mirada de la mujer con la suya y fue entonces que se dio cuenta, que no era un extraña que estaba en su cuarto y en su cama *¡¡Era su mujer!!* Al mirarse a los ojos, ella gritó tan fuerte que el hombre que estaba encima se asustó tanto que se cayó de la cama y salió corriendo tan rápido como pudo, tan raudo que ni siquiera pudo ver su rostro. Rabioso, mirando a su mujer de nuevo y con un desconocido encono en el corazón le grito, "¡¡¡Traidora, das asco!!!"

Recordó también que con la mano derecha le tiró el ramo de flores en la cara y dejó caer el peluche al suelo, luego tiró la puerta tan fuerte que la niña se despertó y él, con lágrimás de dolor lloró y se fue. Abrió la puerta de su carro Mercedes Benz último modelo y salió como un loco, sin saber adonde ir ni qué hacer. Sólo aceleró y tomó rumbo norte sin saber cual sería el final. Salió de New Jersey rumbo a Connecticut, pero con la cabeza aturdida, solo se preguntaba, "¿Por qué, Señor, ¿Por qué?" Daba golpes en el guía del carro hasta que el dolor físico de las manos lo alertaron para que parara. Se cuidada mucho de no acelerar porque la policía lo podía parar y no tenía ganas de hablar con nadie.

Entró a Connecticcut y pasó por New Haven, amaneciendo llegó a Boston donde se paró a descansar un poco y a hechar combustible. Como era temprano en la mañana no había empleados en la gasolinera. Un señor salió de un taller de mecánica, que estaba en los predios de la gasolinera. Se acercó y le dijo, "¡Lindo Carro!"

Frank, solo sonrió y después le dijo, "¡Te lo vendo!"

"Es que este carro es muy caro. Aunque soy el dueño de todo esto, no tengo tanto dinero para comprártelo" mientra lo admiraba y le pasaba la mano.

"¿Por qué lo quieres vender si está nuevo aún?" Preguntó el señor y Frank le contestó,

"Es que no soy de por aquí y necesito ir a California y no tengo donde dejar el carro."

Semanas después, cuando buscaban información del desaparecido Frank, el señor de la gasolinera les dio esa información a los investigadores del FBI.

"¿Cuánto me podría dar?" Preguntó Frank. El señor dijo,

"Este carro está por los ochenta mil dolarles, pero yo sólo tengo veintidos mil, ahora mismo." Frank, quedó pensando un poco y preguntó,

"¿Pero lo tiene en efectivo, ahora?" El señor le contestó,

"Sí, en efectivo, ahora."

"Trato hecho." dijo Frank,

"¡Ok! ¿Tienes los papeles?"

"Sí!" dijo Frank. Yendo a la guantera del carro sacó una bolsa plástica muy lujosa y buscó el titulo del carro. En lo que el señor iba a su oficina, se dispuso a quitarle las placas y esperó al señor con el dinero. Entre los dos hombres, contaron veintidos paquetes de mil dólares. El señor los puso en una bolsa de papel traza y se la dio a Frank, quien sonriedo un poco firmó el titulo del carro le dijo, "¡Es tuyo!" y se fue.

Frank comenzó a caminar por las calles, posiblemente con el síndrome de las vidrieras. Este síndrome se le es atribuido solo a los envejecientes, porque para ocultar su cansancio al caminar por las calles, se detienen un poco en cada tienda o en cada vidriera. Aunque Frank era aún muy joven, se paraba en cada vidriera porque andaba buscando ropa para hombre, ya que tenía ganas de cambiarse de ropa y bañarse con bastante agua caliente. Encontró lo que buscaba y desde esa misma tienda vio que había cerca un hotel. Pidió una habitación para una persona y pagó en efectivo, pues sabía que si usaba tarjetas de crédito iba a ser localizado fácilmente cuando lo estuvieren buscando. Su amargura y la vergüenza insistian en que se alejase de su casa, cada vez más.

Entre autobuses y trenes llegó a Caribou, que es la ciudad más al norte de los Estados Unidos de América y es la ciudad también más larga en el condado de Aroostook Maine. Le gustó para quedarse y fue a un hotel y pagó para pernoctar una sola noche, en efectivo. Estando, descansando le pasó por la mente la controversia y se pregunto, "¿Por qué estoy huyendo si no soy un criminal? Soy una persona decente, trabajadora y no he cometido ningún delitio." Pero la amargura, la vergüenza, la rabia y la soberbia le hacían estar solo con sus pensamientos, como haciéndolo culpable de lo que no era.

Esa noche prendió la televisión y se percató de que ya lo andaban buscando. Decian que había desaparecido de su casa una noche y que no se sabía nada de él. Después vio a su esposa hablando, con lágrimás en los ojos, le imploraba que regresara a casa. Como si fuese un convicto que se había fugado de la cárcel, sin pensarlo mucho, en ese momento recogió sus pocas pertenencias, la bolsita de traza, donde estaba el dinero, la puso en su mochila y sin decir nada, esa madrugada abandonó el hotel, tomando rumbo a las montañas. Estaba amaneciendo cuando llegó a un camino que llevaba a unos rieles de tranvia abandonados. Caminó por más de una hora, hasta que en el fondo alcanzó a ver tres vagones de un tren cuyas fachadas habían sido corroídas por el tiempo y el olvido. Esos vagones estaban justo en la falda de la montaña, la cual sería un buen refugio para él, ahí iba a encontrar el silencio que su alma necesitaba.

Los tres vagones estaban completamente vacíos. El último estaba lleno de hojas secas y se notaba que en muchos años ningún ser humano había pasado por allí. Así que acomodó sus cosas y se dispuso a dormir, aunque el insomnio se lo impediría. Solo salía a buscar comida y algunas colchas para echárselas encima en las noches. Se pasaba el día bostezando y durmiendo, cuando podía, pero se sentía seguro lejos de los comentarios a su favor o a su contra.

Había pasado una semana en ese refugio, cuando de repente oyó voces que se acercaban. Eran dos muchachos que al parecer venían buscando un lugar para beber, fumar, conversar e inyectarse. Entraron a su vagón, pero uno de ellos dijo que en el de adelante había más sillones para sentarse. Hablaron hasta más no poder y mientras más se emborachaban más duro hablaban. Tenian la certeza que nadie, por muchos kilómetros a la redonda los iba a oir. Parece que uno de los dos obtuvo una sobredosis de heroína, porque el otro le grito, "*¡¡¡Carajo, te dije que eso era mucho!!!*" Se quedó viendo a su amigo como agonizaba y le dijo,

"Perdóname, pero te tengo que dejar aquí" y se fue.

Frank pareció volver en sí. La película había pasado como un flash y ahora se veía sentado en la mesa de aquel bar. Vio su copa de vino, volvió a tomar un poco. Les sonrió a Adelina que estaba enfrente de él y oyendo la voz de la Dra. Karen, que todavía seguía hablando y pidiendo perdón.

Volvió a recordar, que estando en ese vagón del tren esa noche, fue testigo de una muerte innecesaria por las malditas drogas y el maldito exceso. Vio al muchacho alejarse rápidamente y esperó un buen rato a ver que pasaba. Luego se movió hasta donde estaba el muerto y por curiosidad empezó a buscarle en los bolsillos hasta encontrar su cartera con sus identificaciones.

Se dio cuenta que tenía veintidos años, igual que él, que tenía la estatura más o menos como la suya y el parecido era impresionante. No lo podía creer, ¡Parecían casi gemelos! Se echó las credenciales en su bolsillo y se fue a meditar y a pensar qué iba a ser de él de ahora en adelante. Pasaron unas cuantas horas, salió de su escondite para buscar agua y comida. Se avistaba una tormenta de lluvia y después mucha, mucha nieve y para salvaguardarse regresó por sus cosas y se las llevó. Poco tiempo después la lluvia movió los vagones y la nieve los sepultó.

Pidió una noche en el mismo hotel y buscando en los bolsillos vio las credenciales del muchacho, se llamaba Frank Martinez. Para ese estonces tenía las barbas largas y en la foto de la licencia del muchacho, nadie podía decir que no eran la misma persona. Pasó la tormenta, todo volvió a la normalidad. Él había decidido tomar esa identidad, porque se sentía liberado de un hecho que no cometió y que seguía haciéndose daño a sí mismo.

Poco a poco se le fue acabando el dinero y un día por la mañana fue a una cafetería a desayunar. Alcanzó a ver un señor de apariencia noble que estaba tomando café. Muchas veces quizo acercársele, pero no se atrevía, pues era muy timido y no sabía como iba a reaccionar el señor, hasta que se decidió y le dijo,

"¡Buen día señor!" El señor lo miró muy amablemente y le contesto,

"¡Buen día, mi hijo! ¿Cómo estás?"

Esto le cayó muy bien al nuevo Frank Martinez, que le dijo, "Ando buscando trabajo."

"¿Qué sabes hacer?"

"No muchas cosas, pero sé aprender y es lo que más me gusta, aprender."

"Soy Albert, tengo una compañía de carpintería, plomería, electricidad y otras cosas más. Veo que tienes manos de que no has trabajado nunca. ¿Qué has hecho?" Preguntó Albert.

"Solo estudiar diseño."

"¿Cuál es tu nombre?"

"Soy Frank, Frank Martinez."

"Tienes tus papeles en orden?" le preguntó Albert, terminando el café y disponiéndose a salir.

"Sí! Aquí los tengo."

"Así está mejor, ven conmigo."

Se montaron en una camioneta repleta de materiales y herramientas de carpintería, plomería, electricidad y otras cosas más. El primer día, fue un desastre para Frank, porque estuvo perdido pero atento a lo que su jefe le dijera. Eso le fue agradando a Albert, que hasta se ofreció llevarlo a donde vivía. Una tarde Albert le preguntó que por qué vivía en un hotel y Frank le contestó que no tenía donde vivír en ese estado, todavía.

"Yo tengo una casa grande que compartía con mi hijo, si quieres puedes venir a vivir conmigo."

"Se lo agradezco don Albert, pero ¿dónde está su hijo?"

"Él murió de cáncer. Un día, estábamos en la playa y de repente dijo; "Papá, me siento mal."

"No te preocupes es el olor del mar, le dije, pero él insistió y lo llevé al hospital y fue tarde, murió tres días después."

"Lo siento mucho."

Pasaron los años, Frank aprendió el oficio como el mejor. Los medios de comunicación dieron por desaparecido al pianista, ya nadie lo andaba buscando mientras Albert y Frank, consolidaban la compañía de carpintería, plomería, electricidad, y otras cosas más.

Albert consideraba a Frank como su verdadero hijo y Frank consideraba a Albert como su verdadero padre. Vivian juntos, trabajaban juntos, iban al mismo bar, hasta que un día Albert despertó a Frank, tarde en la noche y le dijo,

"Me siento mal, muy mal."

Rapidamente Frank lo llevó al hospital donde le diagnosticaron cáncer en el páncreas. Veintiun días con sus noches duró Frank al lado de Albert en el hospital, hasta que en el momento en el que Albert miró a Frank y le dijo, "¡Hijo, gracias por ser mi hijo! ¡Gracias por tu compañía" y expiró!

Tiempo después Frank, se enteró que Albert, había dejado todas sus pertenencias a su nombre. Este hecho lo tomó muy en serio y reanudó su trabajo con gran responsabilidad en honor a su gran amigo. Así fue como, andando el tiempo, se vio acumulando nieve con su motonieve, en el fondo del parqueo de "*Namansa Universidad de la Música*" donde él había sido llamado por Maurizio Pantaleone, para realizar distintas labores como carpintería, plomería, electricidad y otras cosas más.

Frank, otra vez volvió a la realidad. Se vió rodeado de Adelina y de la Dra. Kazan, que seguía llorando, y pidiendo perdón. Se dijo para sí, ¿Quién va a perdonar a esta mal nacida? "Que no piense que sea yo, porque jamás lo haré."

Con los ojos abiertos y asustados oyó una voz en su interior que le dijo; "¡Kiryco Kazan!", soy tu conciencia, acompañada por *El poder del perdón.* ¿Acaso olvidaste la frase que dice: "¿El que esté libre de culpas que tire la primera piedra?" o "¿Padre perdónalos porque no saben lo que hacen" o aquella "¿Perdona nuestros pecados, como también nosotros perdonamos a los que nos ofenden?"

En en este caso tú no eres culpable de lo que pasó esa noche, pero debes perdonar porque el perdón te hace libre, te limpia el alma, te quita el miedo. Porque el perdón te alivia, porque te calma y es un gran momento para regalarle a tu vida, un ramo de olivo vida y al fin vivir en paz.

"¡Despierta a la realidad, muchacho!"

Todavía te queda mucho por hacer, le dijo *El poder del perdón* a Kiryco. Estás viviendo en el pasado, el pasado no se puede arreglar, solo el presente moldea el futuro. Libérate de la adicción de la culpabilidad, la cual, solo te ha hecho daño. Tú no fuiste culpable. Solo no supiste manejar la vergüenza, la amargura y la soberbia. Ahora usa *El poder del perdón*.

"Tú, Kiryco," seguía hablándole *El poder del perdón*, "tú eres un muchacho que desde temprana edad has ido progresando y te mereces tiempos mejores antes de envejecer de verdad. El perdón es un acto de amor para ti y para todos. Tú te mereces todo lo mejor del mundo. No es necesario que sigas torturándote más."

Si Dios, en su omnipotencia, te mandó esta oportunidad de reunirte con tu hija y con la que todavía es tu esposa, no tardes. Borra el pasado, pues ya pagaste muy caro con lágrimás secas y mojadas. Reicorpórate a tus amigos, a tu música, vuelve a encontrarte con Roberto Pérez, tu representante, que seguro aún tiene mucho mundo para ti. La Dra. Karen va a morir un poco más aliviada si tú la perdonas. Tendrás el amor de tu hija, que estará orgullosa al saber que tú eres su padre. Deja atrás todo y empieza a vivir una vida nueva. Vive la alegría del perdón y sus beneficios, que serán de mucha gloria física y espiritual para ti y para los demás también. Hay mucha gente que te ama, tu hija, tu mujer, tu piano, tu público y lo más importante, la historia. Volvió a abrir los ojos y se encontró con los ojos de Adelina, que le preguntaban;

"¿Frank, estás bien?"

Él parpadeó, como asombrado, se pasó la mano por la cara. La Dra. Karen lloraba en silencio. Se dio másajes en los ojos, los abrió y mirando fijamente a Adelina, en un gesto inesperado. La tomó de la mano e igual hizo con las manos de Karen, las puso una encima de la otra y luego puso las de él, y esa noche bajo la titilante luz de un farol dijo,

"¡Vamos a casa!"

Fin…

Agradecimiento

Agradezco a Dios por haberme prestado el lápiz y el papel para escribir esta obra, y tantas otras también.

A mi amigo del alma, Sheo Zorrilla, quien con buena voluntad y profesionalismo me ayudó a revisar todo lo aquí escrito.

A mi tormento, tormentosamente. A mi esposa y amiga Verónica, gracias por su apoyo.